Diogenes Taschenbuch 21266

Ian McEwan

Der Trost von Fremden

Roman
Aus dem Englischen von
Michael Walter

Diogenes

Titel der 1981 bei
Jonathan Cape Ltd., London,
erschienenen Originalausgabe:
›The Comfort of Strangers‹
Copyright © 1981 by Ian McEwan
Die deutsche Erstausgabe
erschien 1983 im Diogenes Verlag
Umschlagillustration: David Hockney,
›Die zweite Hochzeit‹, 1963
(Ausschnitt)

Veröffentlicht als Diogenes Taschenbuch, 1985
Alle deutschen Rechte vorbehalten
Copyright © 1983
Diogenes Verlag AG Zürich
www.diogenes.ch
80/01/8/6
ISBN 3 257 21266 6

Für Penny Allen

wie wir in zwei Welten weilten
die Töchter und die Mütter
im Königreich der Söhne

Adrienne Rich

Reisen ist eine Brutalität. Es zwingt einen, Fremden zu vertrauen und all dem gewohnten Trost von Heim und Freunden zu entsagen. Man ist dauernd aus dem Lot. Nichts gehört einem, außer den wesentlichen Dingen – Luft, Schlaf, Träume, das Meer, der Himmel – lauter Dinge, die der Ewigkeit zuneigen oder dem, was wir uns darunter vorstellen.

Cesare Pavese

Eins

Jeden Nachmittag, wenn sich die ganze Stadt hinter den dunkelgrünen Fensterläden ihres Hotels zu regen begann, wurden Colin und Mary geweckt durch das systematische Bosseln von Stahlwerkzeugen gegen die eisernen Lastkähne, die am Ponton des Hotelcafés vertäut lagen. Morgens waren diese rostenden, narbenbedeckten Rümpfe ohne erkennbare Fracht oder Antriebsvorrichtung dann verschwunden; gegen Ende eines jeden Tages tauchten sie wieder auf, und die Besatzungen hantierten unerklärlich mit ihren Holzhämmern und Meißeln. Um diese Zeit, in der wolkigen Spätnachmittagshitze, begannen sich Gäste auf dem Ponton einzufinden, um an den Blechtischen Eis zu essen, und auch ihre Stimmen erfüllten das abgedunkelte Hotelzimmer, wogten auf und ab in Wellen von Gelächter und Unstimmigkeit und überfluteten die kurze Stille zwischen den einzelnen durchdringenden Hammerschlägen.

Sie erwachten, so schien es ihnen, gleichzeitig und lagen ruhig auf ihren getrennten Betten. Aus Gründen, die sie nicht mehr klar definieren konnten, redeten Colin und Mary zur Zeit nicht miteinander. Zwei Fliegen umkreisten träge das Deckenlicht, auf dem Korridor drehte sich ein Schlüssel im Schloß, Schritte näherten sich und verklangen. Schließlich stand Colin auf, stieß die Fensterläden nach außen und ging ins Bad, um zu duschen. Noch verfangen in den Nachwehen ihrer Träume, drehte sich Mary auf die Seite, als er vorbeiging, und starrte die Wand an. Das stetige Wasserrauschen nebenan war besänftigend, und sie schloß noch einmal die Augen.

Jeden Abend, in der rituellen Stunde, die sie auf ihrem Balkon verbrachten, bevor sie sich auf die Suche nach einem Restaurant machten, hatten sie geduldig den Träumen des anderen zugehört, im Austausch für den Genuß, ihre eigenen erzählen zu können. Colins Träume waren solche, wie Psychoanalytiker sie empfehlen, vom Fliegen, sagte er, von ausbröckelnden Zähnen, davon, nackt vor einem sitzenden Fremden zu erscheinen. Bei Mary verbündeten sich die harte Matratze, die ungewohnte Hitze und die kaum erforschte Stadt dazu, in ihrem Schlaf einen Tumult von lärmenden, streitsüchtigen Träumen zu entfesseln, die, beklagte sie sich, ihren Wachzustand betäubten: und die schönen alten Kirchen, die Altarbilder und die Steinbrücken über den Kanälen fielen matt auf ihre Netzhaut wie auf eine ferne Leinwand. Am häufigsten träumte sie von ihren Kindern: daß sie in Gefahr schwebten und daß sie selbst zu unbeholfen oder durcheinander war, um ihnen zu helfen. Ihre eigene Kindheit verwirrte sich mit der ihres Sohns und ihrer Tochter. Sie waren ihre Altersgenossen, die sie mit ihren beharrlichen Fragen ängstigten. Warum bist du ohne uns weggegangen? Wann kommst du wieder? Wirst du uns vom Zug abholen? Nein, nein, versuchte sie ihnen klarzumachen, ihr sollt doch *mich* abholen. Sie erzählte Colin, sie habe geträumt, ihre Kinder seien zu ihr ins Bett geklettert, auf jeder Seite eines, und da lagen sie und zankten sich die ganze Nacht über ihrem schlafenden Körper. Hab ich. Hast du nicht. Doch. Hast du nicht... bis sie erschöpft erwachte, die Hände fest an die Ohren gepreßt. Oder, sagte sie, ihr Exgatte bugsierte sie in eine Ecke und begann ihr geduldig, so wie er es einmal getan hatte, die Handhabung seiner kostspieligen japanischen Kamera zu erklären und sie dabei nach jedem Schritt die Raffinessen abzufragen. Nach vielen Stunden fing sie an zu seufzen und stöhnen und bat ihn, doch aufzuhören, aber nichts konnte die unbarmherzige Leier von Erklärungen unterbrechen.

Das Badezimmerfenster ging auf einen Hof, und zu dieser Stunde belebte auch er sich mit Geräuschen aus angrenzenden Zimmern und den Hotelküchen. In dem Moment, als Colin die Dusche abdrehte, begann der Mann von gegenüber, wie an den vorherigen Abenden, unter seiner Dusche sein

Duett aus der *Zauberflöte* zu singen. Mit einer Stimme, die das wolkenbruchartige Wasserbrausen und das Schmatzen und Schlabbern verschwenderisch geseifter Haut übertönte, sang der Mann mit der völligen Ungezwungenheit dessen, der sich ohne Publikum glaubt, kiekste und jodelte die hohen Töne, tra-la-la-te die vergessenen Worte und schmetterte die Orchesterpassagen. »*Mann und Weib, und Weib und Mann, reichen an die Gottheit an.*« Sowie die Dusche abgestellt war, verflachte der Gesang zu einem Pfeifen.

Colin stand vor dem Spiegel, lauschte; dann begann er ohne besonderen Anlaß sich zum zweitenmal an diesem Tag zu rasieren. Sie hatten seit ihrer Ankunft ein wohlgeordnetes Ritual festgelegt, bestehend aus Schlaf, dem nur bei einer Gelegenheit Sex vorausgegangen war, und dem ruhigen, selbstverlorenen Zwischenspiel jetzt, während dem sie sich sorgfältig zurechtmachten vor ihrem Dinnerspaziergang durch die Stadt. In dieser Zeit der Vorbereitung bewegten sie sich langsam und sprachen kaum. Sie behandelten ihre Körper mit teurem, zollfreien Eau de Cologne und Puder, sie wählten ihre Garderobe mit peinlicher Sorgfalt und ohne den anderen um Rat zu fragen, so als warte irgendwo unter den Tausenden, zu denen sie sich bald gesellen würden, jemand, dem sehr viel an ihrer äußeren Erscheinung lag. Während Mary auf dem

Schlafzimmerfußboden ihr Yoga machte, drehte Colin immer einen Marihuana-Joint, den sie dann auf ihrem Balkon rauchten, was jenen köstlichen Augenblick steigern würde, wenn sie aus der Hotelhalle in die cremige Abendluft traten.

Während ihrer Abwesenheit, und nicht nur morgens, kam ein Zimmermädchen und machte die Betten oder zog die Laken ab, wenn es das für nötig hielt. An das Hotelleben nicht gewöhnt, hemmte sie diese Intimität mit einer Fremden, die sie nur selten sahen. Das Zimmermädchen entfernte benutzte Papiertaschentücher, es stellte ihre Schuhe im Schrank in einer anständigen Reihe auf, es legte ihre schmutzigen Kleider auf einem Stuhl zu einem ordentlichen Haufen zusammen und arrangierte loses Kleingeld in kleinen Stapeln längs des Nachtkästchens. Rasch jedoch wurden sie von ihr abhängig und fingen an, ihre Sachen achtlos zu behandeln. Sie wurden unfähig, sich umeinander zu kümmern, unfähig, in dieser Hitze ihre Kissen selbst aufzuschütteln oder sich nach einem fallengelassenen Handtuch zu bükken. Gleichzeitig waren sie gegen Unordnung intoleranter geworden. Eines Spätvormittags kamen sie in ihr Zimmer zurück und fanden es noch so vor, wie sie es hinterlassen hatten – schlicht unbewohnbar –, und es blieb ihnen nur übrig, wieder wegzugehen und abzuwarten, bis es aufgeräumt worden war.

Die Stunden vor ihrem Nachmittagsschlaf waren ebenso festumrissen, wenn auch weniger voraussagbar. Es war Hochsommer, und die Stadt quoll über von Besuchern. Colin und Mary zogen jeden Morgen nach dem Frühstück mit Geld, Sonnenbrillen und Stadtplänen los und schlossen sich den Scharen an, die über die Kanalbrücken und durch jede enge Straße schwärmten. Sie erfüllten getreulich die vielen touristischen Pflichten, die die uralte Stadt auferlegte, und besuchten ihre Haupt- und Nebenkirchen, ihre Museen und Paläste, allesamt angefüllt mit Schätzen. In den Einkaufsstraßen blieben sie vor den Schaufensterauslagen stehen und erörterten Geschenke, die sie eventuell kaufen würden. Bislang hatten sie noch kein Geschäft betreten. Trotz der Stadtpläne verirrten sie sich häufig und konnten leicht eine Stunde damit zubringen, den gleichen Weg zurück und im Kreis zu laufen, den Sonnenstand (Colins Trick) zu Rate zu ziehen, um sich dann einer vertrauten Wegmarke aus einer unerwarteten Richtung zu nähern und immer noch irrezugehen. War die Strapaze besonders groß und die Hitze noch drückender als gewöhnlich, erinnerten sie einander sardonisch daran, daß sie »doch Ferien machten«. Sie verbrachten viele Stunden auf der Suche nach »idealen« Restaurants oder beim Versuch, das Restaurant von vor zwei Tagen wiederzufinden. Häufig waren die idealen Restaurants voll oder, nach neun Uhr abends, gerade dabei zu schließen; kamen sie an einem vorbei, das auf und Platz hatte, aßen sie dort, manchmal lange bevor sie hungrig waren.

Allein vielleicht hätte jeder für sich die Stadt mit Vergnügen erkunden, Launen erliegen, Ziele aufgeben und so das Verirrtsein genießen oder ignorieren können. Es gab so viel zu bestaunen hier, man mußte nur auf Draht sein und die Augen aufsperren. Doch sie kannten einander so gut wie sich selbst, und ihre Vertrautheit war, wie zuviele Koffer etwa, eine ständige Belastung; gemeinsam bewegten sie sich langsam, unbeholfen, schlossen klägliche Kompromisse, achteten auf leise Stimmungsumschwünge, kitteten Brüche. Als Individuen waren sie nicht leicht gekränkt; aber gemeinsam gelang es ihnen, einander auf überraschende, unerwartete Weise zu kränken; dann irritierte den Kränkenden – es war zweimal seit ihrer Ankunft geschehen – die Überempfindlichkeit des anderen, und sie setzten die Erkundung der gewundenen Gassen und unvermuteten Plätze schweigend fort, und mit jedem Schritt wich die Stadt zurück, während sie sich tiefer in der Gegenwart des anderen verschlangen.

Mary stand von ihrem Yoga auf und, nachdem sie ihre Unterwäsche sorgsam ausgesucht hatte, begann sich anzuziehen. Durch die halboffene Verandatür konnte sie Colin auf dem Balkon sehen. Ganz in Weiß gekleidet lümmelte er in dem Strandstuhl aus Aluminium und Plastik, sein Handgelenk baumelte dicht über dem Boden. Er inhalierte, kippte den Kopf, hielt den Atem an und atmete über den Geranientöpfen, die die Balkonmauer säumten, den Rauch aus. Sie liebte ihn, wenn auch nicht eben in diesem Augenblick. Sie zog eine Seidenbluse und einen weißen Baumwollrock an, und als sie sich auf die Bettkante setzte, um ihre Sandalen zuzumachen, nahm sie einen Reiseführer vom Nachtkästchen. Den Fotos zufolge gab es in anderen Teilen des Landes Wiesen, Berge, menschenleere Strände, einen Pfad, der sich durch einen Wald zu einem See schlängelte. Hier, in ihrem einzigen freien Monat im Jahr, galt die Verpflichtung Museen und Restaurants. Als sie Colins Stuhl quietschen hörte, ging sie hinüber zum Toilettentisch und begann sich mit knappen, energischen Strichen das Haar zu bürsten.

Colin hatte den Joint für Mary hereingebracht, und sie hatte abgelehnt – ein rasch gemurmeltes »Nein, danke« –, ohne sich auf ihrem Stuhl umzudrehen. Er zauderte noch hinter ihr, starrte mit ihr in den Spiegel und versuchte, ihre Aufmerksamkeit zu gewinnen. Doch sie blickte geradeaus sich selber an und bürstete weiter die Haare. Er fuhr mit dem Finger die Kontur ihrer Schulter entlang. Früher oder später mußte das Schweigen brechen. Colin wandte sich zum Gehen, und entschied sich um. Er räusperte sich und legte ihr seine Hand fest auf die Schulter. Draußen mußte ein beginnender Sonnenuntergang beobachtet und drinnen mußten Verhandlungen eröffnet werden. Seine Unschlüssigkeit war ganz und gar durch die Droge bedingt und von der Sorte, die im Kreis herum argumentierte, daß, ginge er jetzt weg, wo er sie berührt hatte, sie, zumindest möglicherweise, gekränkt sein könnte... doch andererseits bürstete sie sich weiter die Haare, obwohl es schon längst nicht mehr nötig war, und es schien so, als warte sie darauf, daß Colin ging... und weshalb?... weil sie das Widerstrebende seines Bleibens spürte und bereits gekränkt war?... aber widerstrebte es ihm denn? Unglücklich strich er mit dem Finger über Marys Rückgrat. Sie hielt jetzt den Bürstenstiel in der einen Hand und ließ die Borsten im offenen Handteller der anderen ruhen und starrte weiter geradeaus. Colin beugte sich vor und küßte ihren Nacken, und als sie ihn noch immer nicht zur Kenntnis nahm, durchquerte er mit einem geräuschvollen Seufzer das Zimmer und ging wieder auf den Balkon.

Colin ließ sich in seinem Stuhl nieder. Über ihm dehnte sich eine gewaltige, klare Himmelskuppel, und er seufzte erneut, diesmal aus Zufriedenheit. Die Arbeiter auf den Lastkähnen hatten ihre Werkzeuge eingepackt und standen jetzt in einer Gruppe, dem Sonnenuntergang zugewandt, und rauchten Zigaretten. Auf dem Ponton des Hotelcafés waren die Kunden zum Aperitif übergegangen, und die Unterhaltungen von den Tischen klangen gedämpft und gleichförmig. Eis klingelte in Gläsern, und die Absätze der tüchtigen Kellner klackten mechanisch über die Pontonplanken. Colin stand auf und betrachtete die Passanten unten auf der Straße. Touristen, viele davon älter, in ihren besten Sommeranzügen und Sommerkleidern bewegten sich in reptilienhaftem Zeitlupentempo auf den Gehsteigen. Dann und wann blieb ein Paar stehen, um billigend die Gäste auf dem Ponton zu betrachten, die vor dem gigantischen Prospekt aus Sonnenuntergang und gerötetem Wasser tranken. Ein älterer Herr postierte seine Frau im Vordergrund und ging mit dünnen, zittrigen Schenkeln halb in die Hocke, um ein Bild zu knipsen. Die Trinkenden an dem Tisch direkt hinter der Frau hoben ihre Gläser gefällig zur Kamera. Doch der auf Spontaneität bedachte Fotograf richtete sich auf und versuchte sie mit einer scheuchenden Bewegung seiner freien Hand in die Bahn ihrer unbefangenen Existenz zurückzuweisen. Erst als die Trinkenden, lauter junge Männer, das Interesse verloren, hob der alte Mann die Kamera vors Gesicht und beugte wieder die wackeligen Beine. Aber jetzt war seine Frau ein paar Schritte zur Seite getreten und interessierte sich für etwas in ihrer Hand. Sie kehrte der Kamera den Rücken, um die letzten Sonnenstrahlen in ihre Handtasche zu locken. Ihr Gatte rief sie scharf an, und sie glitt flink wieder in Positur. Das Zuschnappen des Handtaschenbügels brachte Leben in die jungen Männer. Sie rückten sich in ihren Stühlen zurecht, hoben erneut die Gläser und setzten ein breites, unschuldiges Lächeln auf. Mit einem kleinen, gereizten Aufstöhnen zog der alte Mann seine Frau am Handgelenk weg, während die jungen Männer, die ihr Gehen kaum bemerkten, das Zuprosten und Lächeln wieder auf einander lenkten.

Mary erschien an der Verandatür, sie hatte sich eine Strickjacke um die Schultern gehängt. Aufgeregt den Stand der Dinge zwischen ihnen mißachtend, machte sich Colin sofort daran, das kleine Drama auf der Straße unten nachzuerzählen. Sie stand an der Balkonmauer und betrachtete den Sonnenuntergang, während er sprach. Sie wandte den Blick nicht, als er auf die jungen Männer an ihrem Tisch deutete, sondern nickte schwach. Colin vermochte die vagen Mißverständnisse nicht wiederzugeben, die seiner Ansicht nach den Hauptreiz der Geschichte ausmachten. Statt dessen hörte er sich ihre Erbärmlichkeit zu einer Kabarett-Nummer aufblasen, vielleicht in dem Bemühen, Marys ganze Aufmerksamkeit zu gewinnen. Er beschrieb den älteren Herrn als »unglaublich alt und gebrechlich«, seine Frau war »unwahrscheinlich gaga«, die Männer an dem Tisch waren »blöde Hornochsen«, und den Ehemann ließ er »ein unglaubliches Wutgebrüll« ausstoßen. Das Wort »unglaublich« drängte sich ihm andauernd auf, vielleicht weil er befürchtete, daß ihm Mary nicht glaubte, oder weil er sich selbst nicht glaubte. Als er fertig war, machte Mary durch ein halbes Lächeln hindurch einmal kurz »Mm«.

Sie standen etliche Schritt weit auseinander und starrten schweigend über das Wasser. Die große Kirche jenseits des breiten Kanals, die sie sich oft zu besuchen vorgenommen hatten, war jetzt eine Silhouette, und etwas näher schob ein Mann in einem kleinen Boot seinen Feldstecher in den Köcher zurück und kniete sich hin, um den Außenbordmotor wieder anzuwerfen. Links über ihnen flammte der grüne Neonschriftzug des Hotels mit einem abrupten, aggressiven Knattern auf, das zu einem leisen Summen herabsank. Mary erinnerte Colin daran, daß es spät wurde und sie bald losgehen sollten, bevor die Restaurants schlossen. Colin gab ihr recht, doch keiner von beiden rührte sich. Dann setzte sich Colin in einen der Strandstühle, und nicht lange danach setzte sich Mary auch. Noch ein kurzes Schweigen, und sie streckten die Hände nacheinander aus. Ein kleiner Händedruck antwortete einem kleinen Händedruck. Sie rückten ihre Stühle dichter zusammen und flüsterten Entschuldigungen. Colin berührte Marys Brüste, sie wandte sich um und küßte zuerst seine Lippen und dann, auf eine liebevolle, mütterliche Art, seine Nase. Sie flüsterten und küßten sich, standen auf, um einander zu umarmen, und kehrten ins Schlafzimmer zurück, wo sie sich im Halbdunkel auszogen.

Es war nicht mehr die große Leidenschaft. Ihre Annehmlichkeiten lagen in ihrer hastlosen Freundlichkeit, in der Vertrautheit ihrer Rituale und Prozeduren, im sicheren und präzisen Ineinanderspiel von Gliedern und Körpern, bequem, als werde ein Guß in seine Gießform zurückgelegt. Sie waren großzügig und bedächtig, stellten kaum Ansprüche und machten ganz wenig Lärm. Ihr Lieben war ohne klaren Anfang oder klares Ende, und häufig schloß es mit oder wurde unterbrochen von Schlaf. Sie hätten empört bestritten, daß sie sich langweilten. Sie sagten oft, es falle ihnen schwer, sich darauf zu besinnen, daß der andere ein eigenständiger Mensch sei. Wenn sie einander anschauten, schauten sie in einen beschlagenen Spiegel. Wenn sie über Sexualität und Macht sprachen, was sie manchmal taten, sprachen sie nicht von sich selbst. Es war genau dieses geheime Einvernehmen, das sie für einander verletzlich und empfindlich machte, leicht verwundbar durch die Wiederentdeckung, daß ihre Bedürfnisse und Interessen voneinander verschieden waren. Sie führten ihre Auseinandersetzungen schweigend, und Versöhnungen wie diese waren ihre intensivsten Augenblicke, und dafür empfanden sie tiefe Dankbarkeit.

Sie dösten, dann zogen sie sich rasch an. Während Colin ins Bad ging, kehrte Mary auf den Balkon zurück, um zu warten. Die Hotelreklame war ausgeschaltet worden. Die Straße unten lag verlassen, und auf dem Ponton räumten zwei Ober die Tassen und Gläser ab. Die wenigen Gäste, die noch blieben, tranken nichts mehr. Colin und Mary hatten das Hotel noch nie so spät verlassen, und von dem, was folgte, sollte Mary vieles diesem Umstand zuschreiben. Sie schritt ungeduldig den Balkon auf und ab und atmete den muffigen Geruch der Geranien ein. Jetzt hatten keine Restaurants mehr auf, doch auf der anderen Seite der Stadt gab es, falls sie sie fanden, eine bis spät nachts geöffnete Bar, vor der manchmal ein Mann mit seiner Hot-dog-Bude stand. Als sie dreizehn gewesen war, noch ein gewissenhaftes, pünktliches Schulmädchen, übersprudelnd von Ideen zur Selbstverbesserung, hatte sie ein Notizbuch geführt, in dem sie jeden Sonntagabend ihre Ziele für die kommende Woche festlegte. Es waren bescheidene, lösbare Aufgaben gewesen, und es hatte sie getröstet, sie mit dem Fortschreiten der Woche abzuhaken: Cello üben, netter zu ihrer Mutter sein, zur Schule laufen, um das Busgeld zu sparen. Sie sehnte sich jetzt nach solchem Trost, danach, daß Zeit und Ereignisse wenigstens teilweise einer Kontrolle unterlägen. Sie schlafwandelte von einem Augenblick zum nächsten, und ganze Monate glitten erinnerungslos vorüber, ohne die mindeste Spur ihres bewußten Willens zu tragen.

»Fertig?« rief Colin. Sie ging hinein und machte die Verandatür hinter sich zu. Sie nahm den Schlüssel vom Nachtkästchen, schloß die Tür ab und folgte Colin die unbeleuchtete Treppe hinunter.

Zwei

Überall in der Stadt, an den Einmündungen von Hauptstraßen oder in den Ecken der belebtesten Plätze, gab es kleine, gefällig hingebaute Kioske oder Buden, die tagsüber drapiert waren mit Zeitungen und Illustrierten in vielen Sprachen und reihenweise mit Postkarten, die berühmte Ansichten zeigten, Kinder, Tiere und Frauen, die lächelten, wenn man die Karte kippte.

Im Kiosk, kaum zu sehen durch die winzige Luke und regelrecht im Finstern, saß der oder die Verkaufende. Man konnte hier Zigaretten holen, ohne zu wissen, ob sie von einem Mann oder einer Frau verkauft wurden. Der Kunde sah nur die einheimischen dunkelbraunen Augen, eine blasse Hand und hörte ein gemurmeltes Danke. Die Kioske waren Zentren nachbarschaftlicher Intrige und Tratscherei; hier hinterließ man Mitteilungen und Päckchen. Doch nach dem Weg fragenden Touristen antwortete eine unüberzeugte Geste auf die ausgestellten Stadtpläne, die zwischen den Zeilen schreiendbunter Illustriertentitel leicht übersehen wurden.

Allerlei Stadtpläne wurden angeboten. Die dürftigsten entsprangen kommerziellen Interessen, und außer den vordergründigen Touristenattraktionen, die sie zeigten, hoben sie noch ganz besonders bestimmte Geschäfte oder Restaurants hervor. Diese Stadtpläne verzeichneten nur die wichtigsten Straßen. Ein anderer Stadtplan war ein schlecht gedrucktes Büchlein, und wie Colin und Mary herausgefunden hatten, verirrte man sich leicht, wenn man unterwegs umblättern mußte. Dann gab es noch den teuren, amtlich abgesegneten Stadtplan, der die ganze Stadt zeigte und selbst den allerschmalsten Durchgang benannte. Er maß entfaltet 90 × 120 cm, war auf fadenscheinigstem Papier gedruckt und ließ sich im Freien ohne passenden Tisch und spezielle Klammern unmöglich verwenden. Schließlich gab es eine Serie von Stadtplänen, erkenntlich an ihren blau-weiß-gestreiften Umschlägen, die die Stadt in fünf handliche Abschnitte aufteilten, sich aber leider nicht überlappten. Das Hotel lag im obersten Quadrat von Plan zwei, ein teures, unzulängliches Restaurant unten auf Plan drei. Die Bar, zu der sie unterwegs waren, lag in der Mitte von Plan vier, und erst als sie an einem Kiosk vorbeikamen, dessen Läden für die Nacht verrammelt worden waren, fiel Colin ein, daß sie die Stadtpläne hätten mitnehmen sollen. Ohne sie würden sie sich mit Bestimmtheit verirren.

Er sagte jedoch nichts. Mary lief einige Schritte voraus, sie ging langsam und stetig, als messe sie eine Entfernung ab. Sie hatte die Arme verschränkt, und hielt den Kopf in trotziger Nachdenklichkeit gesenkt. Der enge Durchgang hatte sie auf einen großen, blaß beleuchteten Platz gebracht, eine Kopfsteinpflasterfläche, in deren Zentrum ein Kriegerdenkmal stand: massive, rohbehauene Granitblöcke, zusammengestellt zu einem Riesenwürfel, gekrönt von einem Soldaten, der sein Gewehr wegwarf. Dies war ihnen vertraut, dies war der Ausgangspunkt fast all ihrer Expeditionen. Bis auf einen Mann, der draußen vor einem Café Stühle ineinanderstapelte, beobachtet von einem Hund und, in einiger Entfernung, einem weiteren Mann, war der Platz menschenleer.

Sie überquerten ihn diagonal und traten auf eine breitere Straße mit Geschäften, die Fernseher, Geschirrspüler und Möbel verkauften. Jeder Laden stellte deutlich seine Einbrecheralarmanlage zur Schau. Es war das gänzliche Fehlen von Verkehr in der Stadt, das den Besuchern die Freiheit gab, sich so leicht zu verirren. Ohne zu schauen, überquerten sie Straßen und stürzten impulsiv in kleinere Gassen, weil diese sich so verlockend ins Dunkel davonwanden, oder weil der Geruch von gebratenem Fisch sie anzog. Es gab keine Schilder. Ohne ein bestimmtes Ziel zu haben, entschieden sich die

Besucher für ihre Routen, so wie sie sich für eine Farbe entscheiden mochten, und gerade die Art, wie sie sich verirrten, war Ausdruck ihrer sich addierenden Entscheidungen, ihres Willens. Und wenn zwei zusammen Entscheidungen trafen? Colin starrte auf Marys Rücken. Die Straßenbeleuchtung hatte die Farbe aus ihrer Bluse gebleicht, und vor den alten, geschwärzten Mauern schimmerte sie, in Silber und Sepia, wie eine Geistererscheinung. Ihre feinen Schulterblätter, die sich mit ihrem verhaltenen Schritt hoben und senkten, kräuselten einen Faltenfächer über ihre Seidenbluse, und ihr Haar, das am Hinterkopf von einer Schmetterlingsspange zusammengefaßt wurde, schwang ihr über Schultern und Nacken.

Sie blieb am Schaufenster eines Kaufhauses stehen, um ein ungeheures Bett zu betrachten. Colin kam auf gleiche Höhe mit ihr, zauderte einen Moment und ging dann weiter. Zwei Schaufensterpuppen, die eine im blaßblauen Seidenpyjama, die andere in einem schenkellangen Nachthemd mit rosa Spitzenbesatz, lagen zwischen den kunstvoll zerwühlten Laken. Die Dekoration war nicht ganz fertig. Die Puppen stammten vom gleichen Guß, beide kahl, beide wundersam lächelnd. Sie lagen auf dem Rücken, doch die Anordnung ihrer Gliedmaßen – jede hob mühsam eine Hand zur Kinnbacke – verriet, daß sie eigentlich auf der Seite ruhen sollten, zärtlich einander zugewandt. Es war jedoch das Kopfbrett, weswegen Mary angehalten hatte. Es war mit schwarzem Kunststoff gepolstert, erstreckte sich über die ganze Bettbreite und stand beiderseits noch dreißig Zentimeter über. Es sollte, zumindest auf der Pyjama-Seite, der Schalttafel eines Kraftwerks oder vielleicht eines Leichtflugzeugs ähneln. Eingebettet in die schimmernde Polsterung waren ein Telefon, eine Digitaluhr, Lichtschalter und Helligkeitsregler, ein Kassettenrecorder mit Radio, ein kleines Eisfach für Drinks und, zur Mitte hin, wie ungläubig gerundete Augen, zwei Voltmeter. Die von einem ovalen, rosiggetönten Spiegel beherrschte Nachthemd-Seite wirkte vergleichsweise karg. Es gab ein Einbauschminkfach, einen Illustriertenständer und eine Gegensprechanlage fürs Kinderzimmer. Auf dem Kühlschränkchen lehnte ein Scheck, auf dem das Datum des nächsten Monats geschrieben stand, der Name des Kaufhauses, eine riesige Summe und eine mit kühnem Zug hingesetzte Unterschrift. Mary bemerkte, daß die Puppe im Pyjama einen Füller hielt. Sie trat ein paar Schritte zur Seite, und ein Fehler im Spiegelglas ließ die Gestalten sich bewegen. Dann lagen sie still, Arme und Beine sinnlos erhoben, wie von Gift überraschte Insekten. Sie kehrte dem Tableau den Rücken. Colin war fünfzig Meter voraus auf der anderen Straßenseite. Mit hochgezogenen Schultern, die

Hände tief in den Taschen, betrachtete er ein Teppichbodenmusterbuch, das methodisch seine Seiten umschlug. Sie holte ihn ein, und sie liefen schweigend weiter, bis sie am Ende der Straße an eine Gabelung kamen und stehenblieben.

Colin sagte voller Mitgefühl: »Weißt du, ich hab mir dies Bett neulich auch angesehen.«

Wo sich die Straße teilte, stand, was einmal eine imposante Residenz, ein Palast gewesen sein mußte. Unter den rostigen Balkonen im ersten Stock starrte eine Reihe steinerner Löwen hervor. Die hochgewölbten Fenster, flankiert von feingerillten, narbigen Pfeilern, waren mit Wellblech verbarrikadiert, das man sogar im zweiten Stock wild mit Plakaten beklebt hatte. Die meisten An- und Verkündigungen stammten von Feministinnen und der extremen Linken, ein paar von lokalen Gruppen, die gegen den Abriß und die bauliche Neugestaltung des Gebäudes opponierten. Hoch oben, über dem zweiten Stock, war eine Holztafel, die in leuchtendroter Schrift den Namen der Ladenkette verkündete, die das Bauwerk erworben hatte, und dann in englischer Sprache und in Anführungszeichen: »Das Geschäft, in dem *Sie* König sind!« Vor dem prächtigen Eingang standen wie eine verfrühte Kundenschlange Plastikmüllsäcke aufgereiht. Die Hände in die Hüften gestemmt, spähte Colin die eine Straße hinunter und ging dann hinüber, um die andere hinunterzuspähen. »Wir hätten die Stadtpläne mitnehmen sollen.«

Mary war die ersten Stufen zum Palast hochgestiegen und las die Plakate. »Die Frauen sind hier radikaler«, sagte sie über die Schulter, »und besser organisiert.«

Colin war zurückgetreten, um die beiden Straßen zu vergleichen. Sie verliefen ein längeres Stück weit gerade und bogen dann auseinander. »Sie haben auch mehr zu kämpfen«, sagte er. »Wir sind hier schon mal langgekommen, aber erinnerst du dich noch, wie es weiterging?« Mary übersetzte mit Mühe eine weitschweifige Proklamation. »Wie ging es weiter?« sagte Colin etwas lauter.

Stirnrunzelnd fuhr Mary mit dem Zeigefinger die fettgedruckten Zeilen nach, und als sie fertig war, schrie sie triumphierend auf. Sie drehte sich um und lächelte Colin an. »Sie fordern für überführte Vergewaltiger die Kastration!«

Er war ein paar Schritte gegangen, um die rechte Straße besser sehen zu können. »Und für Diebstahl abgehackte Hände? Sieh mal, ich bin sicher, wir sind auf dem Weg zu dieser Bar an dem Trinkbrunnen hier schon mal vorbeigekommen.«

Mary wandte sich wieder dem Plakat zu. »Nein. Das ist eine Taktik. So bringt man die Leute dazu, Vergewaltigung als Verbrechen ernster zu nehmen.«

Colin ging wieder ein paar Schritte, stellte sich breitbeinig hin und blickte die linke Straße hinunter. Auch dort gab es einen Trinkbrunnen. »So«, sagte er gereizt, »bringt man die Leute dazu, Feministinnen weniger ernst zu nehmen.«

Mary verschränkte die Arme und setzte sich nach kurzem Nachdenken langsam die rechte Abzweigung hinunter in Bewegung. Sie hatte ihren gemächlichen, präzisen Schritt wieder aufgenommen. »Das Hängen nehmen die Leute ernst genug«, sagte sie. »Leben um Leben.«

Unbehaglich verfolgte Colin, wie sie davonging. »Wart mal, Mary«, rief er ihr hinterher. »Bist du sicher, daß das richtig ist?« Sie nickte, ohne sich umzudrehen. In weiter Ferne, einen Moment lang herausgehoben von einer Straßenlaterne, kam ihnen eine Gestalt entgegen. Hierdurch irgendwie ermutigt, holte Colin Mary ein.

Auch dies war eine teure Straße, doch ihre Geschäfte wirkten dicht zusammengedrängt und exklusiv, dem Verkauf von Einzelstücken gewidmet – in einem Geschäft war es eine goldgerahmte Landschaft in rissigen, schmutzigtrüben Ölfarben, in einem anderen ein handgearbeiteter Schuh, ein Stück weiter ein einzelnes, auf einen Samtsockel montiertes Kameraobjektiv. Anders als die meisten in der Stadt, funktionierte der Trinkbrunnen tatsächlich. Jahrhundertelange Benutzung hatte den dunklen Stein der runden Sockelstufe ausgetreten und den Rand des großen Beckens blankgescheuert. Mary brachte den Kopf unter den angelaufenen Messinghahn und trank. »Das Wasser hier«, sagte sie zwischen den einzelnen Schlucken, »schmeckt nach Fisch.« Colin starrte geradeaus, wartete darauf, die näherkommende Gestalt unter einem anderen Laternenpfahl wieder auftauchen zu sehen. Aber da war nichts, außer vielleicht einer raschen Bewegung bei einem entfernten Eingang, und das konnte eine Katze gewesen sein.

Ihre letzte Mahlzeit, je einen halben Teller mit gebratenem Fisch, hatten sie vor zwölf Stunden zu sich genommen. Colin faßte nach Marys Hand. »Kannst du dich erinnern, ob er noch etwas anderes außer Hot-dogs verkauft?«

»Schokolade? Nüsse?«

Ihr Tempo beschleunigte sich, und ihre Schritte hallten lärmend auf dem Kopfsteinpflaster nach und machten das Geräusch von nur einem Paar Schuhe. »Eine der Speisehochburgen der Welt«, sagte Colin, »und wir laufen drei Kilometer für Hot-dogs.«

»Wir machen doch Ferien«, erinnerte ihn Mary. »Vergiß das nicht.«

Er klatschte sich mit der freien Hand an die Stirn. »Natürlich. Ich verliere mich zu leicht in Einzelheiten wie Hunger und Durst. Wir machen doch Ferien.«

Sie lösten die Hände, und im Weitergehen summte Colin vor sich hin. Die Straße wurde enger, und die Geschäfte waren hohen, dunklen Mauern gewichen, die in unregelmäßigen Abständen von weit zurückgesetzten Eingängen unterbrochen wurden und von Fenstern, klein und quadratisch, hoch oben angebracht und mit Eisenstäben vergittert.

»Das ist die Glasfabrik«, sagte Mary mit Befriedigung. »An unserem ersten Tag haben wir hierherzukommen versucht.« Sie wurden langsamer, blieben aber nicht stehen.

Colin sagte: »Dann müssen wir auf der anderen Seite gewesen sein, denn hier war ich noch nie.«

»Wir haben vor einer dieser Türen angestanden.«

Colin wirbelte zu ihr herum, ungläubig, gereizt. »Das war nicht an unserem ersten Tag«, sagte er laut. »Jetzt bringst du alles total durcheinander. Als wir die Warteschlange sahen, beschlossen wir, an den Strand zu gehen, und da waren wir erst am dritten Tag.« Colin war stehengeblieben, um das zu sagen, doch Mary ging weiter. Er holte sie mit hüpfenden Schritten ein.

»Es könnte am dritten Tag gewesen sein«, sagte sie wie zu sich selbst, »aber hier waren wir.« Sie zeigte auf einen mehrere Meter vor ihnen liegenden Eingang, und wie heraufbeschworen trat eine gedrungene Gestalt aus dem Dunkel in die Lichtlache einer Straßenlaterne und versperrte ihnen den Weg.

»Da schau mal, was du angerichtet hast«, witzelte Colin, und Mary lachte.

Der Mann lachte auch und streckte die Hand aus. »Sind Sie Touristen?« fragte er in befangen-präzisem Englisch und gab sich freudestrahlend selbst Antwort. »Aber natürlich.«

Mary blieb direkt vor ihm stehen und sagte: »Wir suchen ein Lokal, wo wir etwas zu essen bekommen können.«

Colin schob sich unterdessen an dem Mann vorbei. »Hör mal, wir brauchen uns nicht zu rechtfertigen«, sagte er rasch zu Mary. Noch während er das sagte, packte ihn der Mann herzlich am Handgelenk und streckte seine andere Hand nach Mary aus. Sie verschränkte die Arme und lächelte.

»Es ist schrecklich spät«, sagte der Mann. »In dieser Richtung gibt es nichts, aber hier entlang kann ich Ihnen ein Lokal zeigen, ein sehr gutes Lokal.« Er grinste und nickte in die Richtung, aus der sie gekommen waren.

Er war kleiner als Colin, doch seine Arme waren außergewöhlich lang und muskulös. Auch seine Hände waren groß, die Handrücken mit verfilztem Haar bedeckt. Er trug ein knappsitzendes, schwarzes Hemd aus einer halbdurchsichtigen Kunstfaser, das in einem exakten V fast bis zum Hosenbund aufgeknöpft war. An einer Kette um seinen Hals hing eine goldene Rasierklingenimitation, die auf dem dichten Pelz der Brustbehaarung ein wenig schräg auflag. Über der Schulter trug er eine Kamera. Ein empfindlich süßer Aftershaveduft erfüllte die enge Straße.

»Hören Sie«, sagte Colin und versuchte, sein Handgelenk loszubekommen, ohne heftig zu wirken, »wir wissen, daß es dort entlang ein Lokal gibt.« Der Griff war locker, doch beharrlich, nur eine Schlinge aus Finger und Daumen um Colins Handgelenk.

Der Mann pumpte seine Lungen voll und schien um einige Zentimeter zu wachsen. »Es hat alles geschlossen«, verkündete er. »Sogar der Hot-dog-Stand.« Er wandte sich mit einem Augenzwinkern an Mary. »Ich heiße Robert.« Mary schüttelte ihm die Hand, und Robert begann, sie die Straße hinunter zurückzuziehen. »Bitte«, beharrte er. »Ich kenne genau das richtige Lokal.«

Mit vieler Mühe brachten Colin und Mary Robert nach etlichen Schritten zum Halt, und sie standen dichtzusammengedrängt da und atmeten hörbar.

Mary sprach wie zu einem Kind. »Robert, lassen Sie meine Hand los.« Er gab sie sofort frei und machte eine kleine Verbeugung.

Colin sagte: »Und mich lassen Sie besser auch los.«

Doch Robert erklärte Mary entschuldigend: »Ich möchte Ihnen behilflich sein. Ich kann Sie zu einem sehr guten Lokal führen.« Sie brachen wieder auf.

»*Zerren* muß man uns zu einem guten Essen nicht«, sagte Mary, und Robert nickte. Er faßte sich an die Stirn. »Ich, ich bin...«

»Augenblick mal«, unterbrach Colin.

»...immer ganz scharf darauf, mein Englisch zu üben. Zu scharf vielleicht. Ich habe es einmal perfekt gesprochen. Hier entlang, bitte.« Mary war bereits weiter gegangen. Robert und Colin folgten.

»Mary«, rief Colin.

»Englisch«, sagte Robert, »ist eine wunderschöne Sprache, voller Mißverständnisse.«

Mary lächelte über die Schulter hinweg. Sie waren erneut bei der großen Residenz an der Straßengabelung angekommen. Colin brachte Robert zum Stehen und riß seine Hand los. »Entschuldigung«, sagte Robert. Auch Mary war stehengeblieben und studierte wieder die Plakate. Robert folgte ihrem Blick zu einer kruden, mit roter Farbe ausgeführten Schablone-Zeichnung, die eine geballte Faust im Inneren des Zeichens zeigte, mit dem die Ornithologen das Weibchen der Spezies markierten. Er gab sich wieder entschuldigend und schien für alles, was sie lesen konnten, persönlich die Verantwortung zu übernehmen. »Das sind Frauen, die keinen Mann finden. Sie wollen alles zerstören, was gut ist zwischen Männern und Frauen.« Er setzte sachlich hinzu: »Sie sind zu häßlich.« Mary betrachtete ihn wie ein Gesicht im Fernsehen.

»So«, sagte Colin, »darf ich vorstellen, die Gegenpartei.«

Sie lächelte beiden lieb zu. »Auf gehts zum guten Essen«, sagte sie, gerade als Robert auf ein anderes Plakat wies und sich anschickte weiterzureden.

Sie nahmen die Gabelung linkerhand und gingen zehn Minuten, in denen Roberts geräuschvolle Versuche, ein Gespräch zu beginnen, auf Schweigen stießen. Mary war selbstversunken – sie ging wieder mit verschränkten Armen –, Colin eine Spur feindselig – er wahrte Abstand zu Robert. Sie bogen in eine Gasse, die sich über eine Reihe ausgetretener Stufen absenkte zu einem winzigen Platz, keine zehn Meter im Durchmesser, auf den ein halbes Dutzend kleinerer Durchgänge mündeten. »Da unten«, sagte Robert, »wohne ich. Aber es ist zu spät, um Sie mitzunehmen. Meine Frau wird schon im Bett sein.«

Sie bogen noch öfters rechts und links ab, gingen zwischen fünf Stockwerke hohen baufälligen Häusern und verrammelten Lebensmittelgeschäften hindurch, vor denen sich Gemüse und Obst in hölzernen Lattenkisten türmten. Ein Ladeninhaber mit umgebundener Schürze erschien mit einem Karren voller Kisten und rief Robert etwas zu, der lachte und den Kopf schüttelte und die Hand hob. Als sie einen hellerleuchteten Eingang erreichten, teilte Robert für Mary die vergilbten Streifen eines Plastiktürvorhangs. Er behielt seine Hand auf Colins Schulter, als sie die steile Treppe zu einer engen und gerammelt vollen Bar hinunterstiegen.

Eine Anzahl junger Männer, die ähnlich wie Robert gekleidet waren, saß auf Barhockern am Tresen, und etliche mehr gruppierten sich in identischen Posen – alle hatten das Gewicht auf einen Fuß verlagert – um eine bauchige Musikbox mit üppigen Rundungen und Chromschnörkeln. Ein dunkles und durchdringendes Blau entströmte der Rückfront des Automaten und verlieh den Gesichtern der zweiten Gruppe ein käsiges Aussehen. Jeder schien zu rauchen oder seine Zigarette mit flinken, entschiedenen Stößen auszudrücken oder den Hals reckend und die Lippen schürzend um Feuer zu bitten. Da sie alle knappsitzende Kleidung trugen, mußten sie in der einen Hand die Zigarette und in der anderen das Feuerzeug und die Schachtel halten. Das Lied, dem sie alle zuhörten – es sprach tatsächlich niemand –, war laut und munter-sentimental, mit voller Orchesterbegleitung, und der Mann, der es sang, hielt in seiner Stimme ein spezielles Aufschluchzen für den häufigen Refrain parat, dessen Kernstück ein sardonisches »ha ha ha« war, und an dieser Stelle hoben mehrere der jungen Männer ihre Zigaretten und stimmten, den Blick der anderen meidend, mit einem eigenen Stirnrunzeln und Aufschluchzen ein.

»Gott sei Dank bin ich kein Mann«, sagte Mary und versuchte, Colins Hand zu fassen. Robert hatte sie an einen Tisch geführt und war zur Bar gegangen. Colin steckte die Hände in die Taschen, kippte seinen Stuhl zurück und starrte auf die Musikbox. »Na komm«, sagte Mary und knuffte seinen Arm. »Das war doch bloß ein Witz.«

Das Lied endete in einem triumphalen sinfonischen Höhepunkt und begann sofort aufs neue. Hinter der Bar zerschellte Glas auf dem Fußboden, und es folgte ein kurzer Schwall langsamen Händeklatschens.

Robert kam endlich mit einer großen, unetikettierten Flasche Rotwein, drei Gläsern und zwei abgegriffenen Grissini wieder, von denen der eine in Stücke gebrochen war. »Heute«, verkündete er stolz über das Getöse hinweg, »ist der Koch krank.« Mit einem Zwinkern zu Colin setzte er sich hin und füllte die Gläser.

Robert begann ihnen Fragen zu stellen, und zuerst antworteten sie widerwillig. Sie erzählten ihm, wie sie hießen, daß sie nicht verheiratet waren, daß sie nicht zusammenlebten, zumindest zur Zeit nicht. Mary nannte Alter und Geschlecht ihrer Kinder. Sie gaben beide ihre Berufe an. Dann begannen sie, trotz des mangelnden Essens, aber mit

Hilfe des Weins, das für Touristen einzigartige Vergnügen zu erfahren, in einem Lokal ohne Touristen zu sein, eine Entdeckung zu machen, etwas Echtes zu finden. Sie entspannten sich, sie ergaben sich dem Lärm und dem Rauch; sie wiederum stellten jetzt die ernsthaften, gespannten Fragen von Touristen, denen es endlich vergönnt war, mit einem authentischen Einwohner zu sprechen. In weniger als zwanzig Minuten hatten sie die Flasche geleert. Robert erzählte ihnen, daß er hier Geschäftsinteressen vertrete, daß er in London aufgewachsen und daß seine Frau Kanadierin sei. Als Mary fragte, wie er seine Frau kennengelernt habe, sagte Robert, es sei unmöglich, das zu erklären, ohne zuerst seine Schwestern und seine Mutter zu beschreiben, und dies wiederum ließe sich nur anhand seines Vaters tun. Es war klar, daß er Anstalten traf, ihnen seine Lebensgeschichte zu erzählen. »Ha ha ha« schraubte sich zu einem weiteren Crescendo hoch, und an einem Tisch in der Nähe der Musikbox vergrub ein Mann mit gelockten Haaren das Gesicht in den Händen. Robert rief zur Bar hinüber nach der nächsten Flasche Wein. Colin knackte die Grissini entzwei und teilte sie mit Mary.

Drei

Das Lied endete, und ringsum in der Bar begannen Gespräche, leise zuerst, ein angenehmes Gesumm und Gemurmel der Vokale und Konsonanten einer fremden Sprache; schlichte Bemerkungen hatten einzelne Worte oder billigende Geräusche zur Reaktion; dann Pausen, willkürlich und kontrapunktisch, denen kompliziertere Bemerkungen mit größerer Lautstärke folgten und diesen wiederum ausgeklügeltere Antworten. Es dauerte keine Minute, da waren etliche anscheinend heftige Diskussionen im Gange, so als hätte man verschiedene Streitfragen ausgegeben und die entsprechenden Kontrahenten zusammengruppiert. Wenn die Musikbox jetzt gespielt hätte, würde sie keiner gehört haben.

Robert, der sein Glas anstarrte, das er mit beiden Händen auf den Tisch drückte, schien den Atem anzuhalten, und das machte Colin und Mary, die ihn genau musterten, das Atmen schwer. Er wirkte älter als draußen auf der Straße. Das schiefe elektrische Licht ließ eine Reihe fast geometrischer Linien hervortreten, die wie ein Gitternetz über seinem Gesicht lagen. Zwei Linien, die sich von den Nasenlöchern zu den Mundwinkeln zogen, bildeten ein beinahe vollkommenes Dreieck. Auf seiner Stirn verliefen parallele Furchen, und zwei Zentimeter darunter stand, genau im rechten Winkel, eine einzelne Linie bei seinem Nasenbein, eine tiefe Fleischfalte. Er nickte langsam vor sich hin, und als er ausatmete, erschlafften seine massigen Schultern. Mary und Colin beugten sich vor, um die einleitenden Worte seiner Geschichte zu verstehen.

»Mein Vater war sein ganzes Leben lang Diplomat, und wir lebten viele, viele Jahre in London, in Knightsbridge. Aber ich war ein fauler Junge« – Robert lächelte –, »und mein Englisch ist noch immer nicht perfekt.« Er machte eine Pause, als warte er auf Widerspruch. »Mein Vater war ein großer Mann. Ich war sein jüngstes Kind und sein einziger Sohn. Wenn er sich hinsetzte, saß er so« – Robert nahm seine vorige straffe und aufrechte Haltung wieder ein und legte die Hände eckig auf die Knie. »Mein Vater trug sein ganzes Leben lang einen Schnurrbart, so« – Robert maß mit Zeigefinger und Daumen unter seiner Nase drei Zentimeter ab –, »und als er grau wurde, benutzte er eine kleine Bürste, um ihn schwarz zu machen, so eine, wie sie Damen für die Augen benutzen. Wimperntusche.

Alle fürchteten sich vor ihm. Meine Mutter, meine vier Schwestern, sogar der Botschafter fürchtete sich vor meinem Vater. Wenn er die Stirn runzelte, brachte keiner mehr einen Ton heraus. Bei Tisch durfte man nur reden, wenn man vorher von meinem Vater angesprochen wurde.« Robert begann seine Stimme über den Lärm ringsum zu erheben. »Jeden Abend, auch wenn ein Empfang bevorstand und meine Mutter angekleidet werden mußte, hatten wir mit geradem Rücken stillzusitzen und meinem Vater beim Vorlesen zuzuhören.

Jeden Morgen stand er um sechs Uhr auf und ging ins Bad, um sich zu rasieren. Bevor er nicht fertig war, durfte niemand aufstehen. Als ich ein kleiner Junge war, stand ich immer als nächster auf, hurtig, und ich ging ins Badezimmer, um ihn zu riechen. Verzeihen Sie, er hinterließ einen entsetzlichen Geruch, doch er wurde überdeckt vom Geruch der Rasierseife und seines Parfüms. Noch heute ist Eau de Cologne für mich der Geruch meines Vaters.

Ich war sein Liebling, ich war seine ganze Leidenschaft. Ich erinnere mich an einmal – vielleicht geschah es viele Male, – meine älteren Schwestern Eva und Maria waren vierzehn und fünfzehn. Es gab Abendessen, und sie flehten ihn an. Bitte, Papa. Bitte! Und zu allem sagte er nein! Sie durften nicht mit zu der Schulbesichtigung, weil dort Jungens sein würden. Es wurde ihnen nicht gestattet, Seidenstrümpfe zu tragen. Sie durften nachmittags nicht ins Theater gehen, es sei denn, ihre Mama ginge auch. Sie durften ihre Freundin nicht hierbehalten, weil sie einen schlechten Einfluß ausübe und nie die Kirche besuche. Dann stand mein Vater plötzlich laut lachend hinter meinem Stuhl, auf dem ich neben meiner Mutter saß. Er nahm mir das Lätzchen vom Schoß und stopfte es mir vorne ins Hemd. ›Seht her!‹ sagte er. ›Hier ist das nächste Familienoberhaupt. Vergeßt nicht, euch mit Robert gut zu stellen!‹ Dann ließ er mich die Debatte schlichten, und die ganze Zeit lag seine Hand hier auf mir und quetschte mir mit den Fingern das Genick. Mein Vater sagte dann: ›Robert, dürfen die Mädchen Seidenstrümpfe anziehen, so wie ihre Mutter?‹ Und ich, zehn Jahre alt, sagte dann sehr laut: ›Nein, Papa.‹ – ›Dürfen sie ohne ihre Mama ins Theater gehen?‹ – ›Auf keinen Fall, Papa.‹ – ›Robert, dürfen sie ihre Freundin hierbehalten?‹ – ›Niemals, Papa!‹

Ich antwortete stolz, ohne zu wissen, daß ich benutzt wurde. Dies geschah vielleicht nur einmal. Für mich könnte es jeder Abend meiner Kindheit gewesen sein. Dann ging mein Vater zu seinem Stuhl am Kopfende des Tisches zurück und tat so, als sei er sehr traurig. ›Es tut mir leid, Eva, Maria, ich wollte es mir gerade anders überlegen, aber jetzt sagt Robert, daß diese Dinge nicht sein dürfen.‹ Und er lachte, und ich lachte dann auch, ich glaubte alles, jedes Wort. Ich lachte, bis mir meine Mutter die

Hand auf die Schulter legte und sagte: ›Pst jetzt, Robert.‹

Also! Haßten mich meine Schwestern? Von dem was jetzt kommt, weiß ich, daß es nur einmal geschah. Es war Wochenende, und das Haus war für den ganzen Nachmittag leer. Ich ging mit eben den beiden Schwestern, Eva und Maria, ins Schlafzimmer unserer Eltern. Ich setzte mich aufs Bett, und sie gingen an den Schminktisch meiner Mutter und kramten all ihre Sachen heraus. Zuerst lackierten sie sich die Fingernägel und wedelten sie in der Luft trocken. Sie taten sich Cremes und Puder aufs Gesicht, sie benutzten Lippenstift, sie zupften sich die Augenbrauen und tuschten sich die Wimpern. Sie befahlen mir, die Augen zuzumachen, während sie ihre weißen Socken abstreiften und Seidenstrümpfe aus der Schublade meiner Mutter anzogen. Dann standen sie da, zwei wunderschöne Frauen, und musterten einander. Und eine Stunde lang liefen sie im Haus herum, blickten über die Schulter in Spiegel oder Fensterscheiben, drehten sich in der Mitte des Salons im Kreis oder saßen sehr achtsam auf der Kante des Armsessels und ordneten ihre Haare. Ich folgte ihnen überallhin und schaute sie die ganze Zeit an, schaute sie einfach nur an. ›Sind wir nicht schön, Robert?‹ sagten sie dann. Sie wußten, ich war schockiert, weil dies nicht meine Schwestern waren, dies waren amerikanische Filmstars. Sie waren von sich selbst hingerissen. Sie lachten und küßten einander, denn jetzt waren sie richtige Frauen.

Später am Nachmittag gingen sie ins Badezimmer und wuschen sich alles ab. Im Schlafzimmer räumten sie all die Töpfe und Tiegel weg und öffneten die Fenster, damit Mama ihr eigenes Parfüm nicht riechen würde. Sie falteten die Seidenstrümpfe und Strumpfhaltergürtel genauso zusammen, wie sie es bei ihr gesehen hatten. Sie schlossen die Fenster, und wir gingen hinunter, um darauf zu warten, daß unsere Mutter nach Haus kam, und ich war die ganze Zeit ganz aufgeregt. Plötzlich waren aus den schönen Frauen wieder meine Schwestern geworden, große Schulmädchen.

Dann kam das Abendessen, und ich war noch immer aufgeregt. Meine Schwestern benahmen sich so, als sei nichts gewesen. Ich merkte, daß mein Vater mich fixierte. Ich blickte auf, und er sah mir geradewegs durch die Augen hindurch in mein Innerstes. Er legte sehr langsam Messer und Gabel beiseite, kaute und schluckte, was er im Mund hatte, und sagte: ›Erzähl mir mal, Robert, was habt ihr heute nachmittag gemacht?‹ Ich glaubte, er wisse alles, so wie Gott. Er stellte mich auf die Probe, um herauszufinden, ob ich ehrenwert genug sei, die Wahrheit zu sagen. Lügen war also zwecklos. Ich erzählte ihm alles, vom Lippenstift, den Pudern, den Cremes und den Parfüms, den Seidenstrümpfen aus der Schublade meiner Mutter, und ich erzählte ihm – als würde dies alles entschuldigen –, wie sorgfältig diese Dinge aufgeräumt worden waren. Ich erwähnte sogar das Fenster. Zuerst lachten meine Schwestern und leugneten, was ich sagte. Doch als ich immer weiter redete, verstummten sie. Als ich fertig war, sagte mein Vater nur: ›Danke schön, Robert‹, und aß weiter. Für den Rest der Mahlzeit sprach keiner mehr. Ich wagte nicht, in die Richtung meiner Schwestern zu blicken.

Nach dem Abendessen und kurz vor meiner Schlafengehenszeit wurde ich in das Arbeitszimmer meines Vaters gerufen. Dies war ein Ort, wo niemand hindurfte, hier lagen alle Staatsgeheimnisse. Es war der größte Raum im Haus, denn mein Vater empfing hier manchmal andere Diplomaten. Die Fenster und die dunkelroten Samtvorhänge reichten bis zur Decke hoch, und die Decke trug Blattgold und große kreisrunde Muster. Es gab einen Kronleuchter. Überall standen Bücher in Glasschränken, und der Fußboden lag voll mit Teppichen aus aller Welt. Mein Vater war Teppichsammler.

Er saß hinter seinem gewaltigen Schreibtisch, der mit Papieren übersät war, und meine beiden Schwestern standen vor ihm. Er ließ mich auf der anderen Seite des Raumes in einem großen Ledersessel Platz nehmen, der einmal meinem Großvater gehört hatte, der ebenfalls Diplomat gewesen war. Keiner sprach. Es war wie in einem Stummfilm. Mein Vater holte einen Ledergurt aus einer Schublade und schlug meine Schwestern – drei sehr harte Hiebe auf das Hinterteil –, und Eva und Maria gaben keinen Mucks von sich. Plötzlich war ich draußen vor dem Arbeitszimmer. Die Tür war zu. Meine Schwestern waren auf ihre Zimmer gegangen, um zu heulen, ich ging die Treppe zu meinem eigenen Schlafzimmer hinauf, und das war das Ende. Mein Vater erwähnte diese Sache nie wieder.

Meine Schwestern! Sie haßten mich. Sie mußten Rache üben. Ich glaube, sie sprachen wochenlang von nichts anderem. Auch das Folgende geschah, als das Haus leer war, keine Eltern, keine Köchin, einen Monat nachdem meine Schwestern geschlagen worden waren, vielleicht sogar noch später. Zuerst muß ich Ihnen noch erzählen, daß ich viele Dinge nicht durfte, obwohl ich der Liebling war. Vor allem durfte ich nichts Süßes essen oder trinken, keine Schokolade, keine Limonade. Mein Großvater verbot meinem Vater alles Süße, bis auf Obst. Das schade dem Magen. Vor allem aber schadeten Süßigkeiten, besonders Schokolade, den Jungens. Süßes mache sie so charakterschwach wie Mädchen. Vielleicht war daran etwas Wahres, das kann nur die Wissenschaft entscheiden. Mein Vater sorgte sich zudem um meine Zähne, er wollte, daß ich solche

Zähne bekam wie er, vollkommen. Außer Haus aß ich die Süßigkeiten von anderen Jungens, doch daheim gab es keine.

Also, an diesem Tag kam Alice, die jüngste Schwester, zu mir in den Garten und sagte: ›Robert, Robert, komm schnell in die Küche. Da gibts ein Festessen für dich. Eva und Maria haben ein Festessen für dich!‹ Zuerst ging ich nicht, weil ich glaubte, es könnte ein Trick sein. Doch Alice sagte immer wieder: ›Komm schnell, Robert!‹, und schließlich ging ich, und in der Küche da waren Eva und Maria und Lisa, meine andere Schwester. Und auf dem Tisch da standen zwei große Flaschen Limonade, eine Sahnetorte, zwei Tafeln Kochschokolade und eine große Schachtel Marshmallows. Maria sagte: ›Das ist alles für dich‹, und ich war sofort mißtrauisch und sagte: ›Warum?‹ Eva sagte: ›Wir möchten, daß du in Zukunft netter zu uns bist. Wenn du das alles aufgegessen hast, wirst du daran denken, wie lieb wir zu dir sind.‹ Das klang einleuchtend, und die Sachen sahen so lecker aus, also setzte ich mich hin und griff nach der Limonade. Doch Maria hielt meine Hand fest. ›Zuerst‹, sagte sie, ›mußt du eine Medizin einnehmen.‹ – ›Warum?‹ – ›Du weißt doch, daß Süßigkeiten deinem Magen schaden. Wenn du krank bist, wird Papa wissen, was du gemacht hast, und dann sitzen wir alle in der Patsche. Diese Medizin wird alles in Ordnung bringen.‹ Also öffnete ich den Mund, und Maria schob mir vier große Löffel voll mit etwas Öligem hinein. Es schmeckte scheußlich, aber das machte mir nichts aus, denn ich begann sofort, die Kochschokolade und die Sahnetorte zu essen und die Limonade zu trinken.

Meine Schwestern standen um den Tisch und sahen mir zu. ›Schmeckt es dir?‹ sagten sie, aber ich aß so schnell, daß ich kaum reden konnte. Ich dachte, sie seien vielleicht deshalb so gut zu mir, weil sie wußten, daß ich eines Tages Großvaters Haus erben würde. Nachdem ich die erste Flasche Limonade ausgetrunken hatte, nahm Eva die zweite vom Tisch und sagte: ›Ich glaube nicht, daß er die auch noch trinken kann. Ich werde sie wegstellen.‹ Und Maria sagte: ›Ja, stell sie nur weg. Bloß ein *Mann* könnte zwei Flaschen Limonade austrinken.‹ Ich schnappte ihr die Flasche weg und sagte: ›Natürlich kann ich sie austrinken‹, und die Mädchen sagten alle zusammen: ›Robert! Das ist unmöglich!‹ Also ließ ich von der Limonade natürlich nichts übrig und auch nichts von den beiden Tafeln Kochschokolade, von den Marshmallows und von der ganzen Sahnetorte, und meine vier Schwestern klatschten im Takt in die Hände. ›Bravo Robert!‹

Ich versuchte zu stehen. Die Küche fing an, sich um mich zu drehen, und ich mußte ganz nötig auf die Toilette. Aber plötzlich schlugen mich Eva und

Maria zu Boden und hielten mich fest. Ich war zu schwach, um mich zu wehren, und sie waren viel größer. Sie hielten ein langes Seilende bereit und fesselten mir die Hände auf den Rücken. Alice und Lisa hopsten die ganze Zeit herum und sangen: ›Bravo Robert!‹ Dann zerrten mich Eva und Maria auf die Beine und stießen mich aus der Küche, über die große Diele und in das Arbeitszimmer meines Vaters. Sie zogen den Schlüssel innen ab, schlugen die Tür zu und verschlossen sie. ›Tschüs Robert‹, riefen sie durchs Schlüsselloch. ›Jetzt bist du der große Papa in seinem Arbeitszimmer.‹

Ich stand mitten in diesem gewaltigen Raum, unter dem Kronleuchter, und zuerst begriff ich nicht, wieso ich dort war, und dann verstand ich. Ich kämpfte mit den Knoten, aber sie saßen zu fest. Ich rief und trat gegen die Tür und bumste mit dem Kopf dagegen, doch das Haus schwieg. Auf der Suche nach einem Winkel rannte ich kreuz und quer durchs Zimmer, und in jeder Ecke waren teure Teppiche. Schließlich konnte ich nicht mehr anders. Die Limonade kam und wenig später, ganz flüssig, die Kochschokolade und die Torte. Ich trug kurze Hosen, so wie ein englischer Schuljunge. Und anstatt stehenzubleiben und nur einen Teppich zu ruinieren, rannte ich kreischend und heulend überall hin, so als wäre mir mein Vater bereits auf den Fersen.

Der Schlüssel drehte sich im Schloß, die Tür flog auf, und Eva und Maria kamen hereingestürmt. ›Puh!‹ riefen sie. ›Schnell, schnell! Papa kommt.‹ Sie lösten das Seil, steckten den Schlüssel wieder von innen ins Schloß und liefen wie hysterische Frauen lachend davon. Ich hörte den Wagen meines Vaters in der Auffahrt halten.

Zuerst konnte ich mich nicht bewegen. Dann schob ich die Hand in meine Tasche und holte ein Taschentuch heraus, und ich ging zur Wand – ja, sogar an den Wänden war es, sogar auf seinem Schreibtisch – und genauso tupfte ich einen alten Perserteppich ab. Dann sah ich meine Beine, sie waren beinahe schwarz. Das Taschentuch nutzte nichts, es war zu klein. Ich lief zum Schreibtisch und nahm mir irgendein Papier, und so fand mich mein Vater, wie ich mir mit Staatsangelegenheiten die Knie abputzte, und hinter mir glich der Fußboden seines Arbeitszimmers einem Bauernhof. Ich machte zwei Schritte auf ihn zu, fiel auf die Knie und erbrach mich fast über seinen Schuhen, erbrach lange Zeit. Als ich aufhörte, stand er noch immer in der Tür. Er hielt noch immer seinen Aktenkoffer, und sein Gesicht verriet nichts. Er warf einen Blick auf mein Erbrochenes und sagte: ›Robert, hast du Schokolade gegessen!‹ Und ich sagte: ›Ja, Papa, aber...‹ Und das genügte ihm. Später kam mich meine Mutter in meinem Schlafzimmer besuchen, und morgens kam ein Psychiater und erzählte etwas von einem Trauma. Doch meinem Vater genügte es, daß ich Schokolade gegessen hatte. Er schlug mich drei Tage lang jeden Abend und hatte viele Monate kein gutes Wort für mich. Das Arbeitszimmer durfte ich viele, viele Jahre lang nicht mehr betreten, erst wieder, als ich mit meiner zukünftigen Frau dort eintrat. Und bis zum heutigen Tag esse ich nie Schokolade, und meinen Schwestern habe ich nie verziehen.

Während der Zeit meiner Bestrafung war meine Mutter die einzige, die mit mir redete. Sie sorgte dafür, daß mein Vater mich nicht zu hart schlug und nur an drei Abenden. Sie war groß und sehr schön. Sie trug meistens Weiß; weiße Blusen, weiße Halstücher und weiße Seidenkleider zu den Diplomatenempfängen. Ich erinnere mich am besten an sie in Weiß. Ihr Englisch war sehr langsam, doch jeder gratulierte ihr zur Eleganz und Vollendung, mit der sie es sprach.

Als Junge hatte ich oft schlimme Träume, sehr schlimme. Ich schlafwandelte auch, und manchmal tue ich das noch. Ich wachte oft mitten in der Nacht von meinen Träumen auf, und dann rief ich sofort nach ihr – ›Mum‹, so wie ein englischer Junge. Es war, als würde sie wachliegen und warten, denn weit hinten im Korridor, wo das Schlafzimmer meiner Eltern lag, hörte ich gleich das Knarren des

Betts, den Lichtschalter, das leise Knacken eines Knochens in ihren bloßen Füßen. Und immer, wenn sie in mein Zimmer kam und sagte: ›Was ist los, Robert?‹, sagte ich stets: ›Ich möchte ein Glas Wasser.‹ Ich sagte nie: ›Ich habe schlecht geträumt‹ oder ›Ich habe Angst.‹ Immer ein Glas Wasser, sie holte es aus dem Badezimmer und sah mir beim Trinken zu. Dann küßte sie mich hier auf den Kopf, und ich war gleich eingeschlafen. Manchmal geschah das viele Monate lang jede Nacht, aber sie stellte mir nie Wasser ans Bett. Sie wußte, daß ich einen Vorwand brauchte, um mitten in der Nacht nach ihr zu rufen. Doch dazu bedurfte es keiner Erklärung. Wir standen uns sehr nah. Sogar nachdem ich geheiratet hatte, vor ihrem Tod, brachte ich ihr jede Woche meine Hemden.

Bis zum Alter von zehn schlief ich immer, wenn mein Vater weg war, in ihrem Bett. Das nahm dann ein jähes Ende. Eines Nachmittags war die Gattin des kanadischen Botschafters zum Tee eingeladen. Den ganzen Tag über wurden Vorbereitungen getroffen. Meine Mutter sorgte dafür, daß meine Schwestern und ich wußten, wie man eine Teetasse mit Unterteller hielt. Ich sollte die Schale mit Keksen und kleinen Sandwiches ohne Kruste im Zimmer herum anbieten. Ich wurde zum Frisör geschickt und mußte eine rote Fliege tragen, was mir von allem am verhaßtesten war. Die Gattin des

Botschafters hatte blaues Haar, so etwas hatte ich noch nie gesehen, und sie brachte ihre Tochter Caroline mit, die zwölf war. Später fand ich heraus, daß mein Vater gesagt hatte, unsere Familien müßten sich aus diplomatischen und geschäftlichen Gründen befreunden. Wir saßen mucksmäuschenstill und hörten den beiden Müttern zu, und wenn uns die kanadische Dame eine Frage stellte, setzten wir uns kerzengerade hin und gaben höflich Antwort. Heute bekommen Kinder diese Dinge nicht mehr beigebracht. Dann nahm meine Mutter die Gattin des Botschafters mit, um ihr Haus und Garten zu zeigen, und die Kinder wurden allein gelassen. Meine vier Schwestern trugen ihre Gesellschaftskleider, und sie saßen alle zusammen auf dem großen Sofa, so dicht, daß sie wie eine Person wirkten, ein einziges Knäuel aus Bändern, Spitzen und Locken. Wenn alle meine Schwestern zusammen waren, machten sie einem angst. Caroline saß auf einem Holzstuhl, und ich saß auf einem anderen. Mehrere Minuten lang sprach keiner.

Caroline hatte blaue Augen und ein kleines Gesicht, so klein wie das eines Äffchens. Sie hatte Sommersprossen auf der Nase, und an diesem Nachmittag hing ihr das Haar in einem einzigen langen Zopf über den Rücken. Keiner sprach, doch vom Sofa her kam Getuschel und Gekicher, und aus den Augenwinkeln konnte ich jemanden jemand anders anstupsen sehen. Über unseren Köpfen konnten wir die Schritte von unserer Mutter und von Carolines Mutter hören, wie sie von Zimmer zu Zimmer wanderten. Plötzlich sagte Eva: ›Miss Caroline, schlafen Sie bei Ihrer Mutter?‹ Und Caroline sagte: ›Nein, und Sie?‹ Dann Eva: ›Nein, aber Robert.‹

Ich wurde puterrot und wollte schon aus dem Zimmer rennen, aber Caroline drehte sich mit einem Lächeln zu mir um und sagte: ›Das finde ich wirklich zu süß‹, und von diesem Augenblick an war ich in sie verliebt, und ich schlief nicht mehr im Bett meiner Mutter. Sechs Jahre später traf ich Caroline wieder, und zwei Jahre danach wurden wir getraut.«

Um sie herum begann sich die Bar zu leeren. Die Deckenbeleuchtung war angegangen, und ein Bargehilfe fegte den Fußboden. Colin war während des letzten Teils der Geschichte weggedöst und vornübergesunken, den Kopf auf seinen Unterarm gebettet. Robert sammelte die leeren Weinflaschen von ihrem Tisch ein und brachte sie zum Tresen, wo er Anweisungen zu geben schien. Ein zweiter Bargehilfe tauchte auf, um den Aschenbecher in einen Eimer zu leeren und den Tisch abzuwischen.

Als Robert zurückkam, sagte Mary: »Von Ihrer Frau haben Sie uns nicht viel erzählt.«

Er gab ihr eine Streichholzschachtel in die Hand, auf der Name und Adresse der Bar gedruckt standen. »Ich bin fast jede Nacht hier.« Er schloß ihre Finger um die Schachtel und drückte sie. Als er an Colins Stuhl vorbeikam, streckte Robert die Hand aus und verstrubbelte ihm das Haar. Mary sah ihn gehen, saß eine oder zwei Minuten gähnend da, rüttelte dann Colin wach und lotste ihn zur Treppe. Sie waren die letzten, die gingen.

Vier

Die Straße verschwand in der einen Richtung in völliger Dunkelheit; in der anderen ließ ein diffuses blaugraues Licht eine Reihe flacher Gebäude erkennen, die sich wie in Granit gehauene Blöcke absenkten und im Düster zusammenliefen, dort wo die Straße abbog. Tausende von Metern hoch wies ein abgemagerter Wolkenfinger über die Linie der Biegung und errötete. Ein kühler, salziger Wind fuhr durch die Straße und scheuerte eine Zellophanverpackung an der Stufe entlang, auf der Colin und Mary saßen. Hinter einem festverriegelten Fenster direkt über ihnen erklang gedämpftes Schnarchen und das Schaben des Bettrosts.

Mary lehnte ihren Kopf an Colins Schulter, und er lehnte seinen an die Wand hinter sich, zwischen zwei Abflußrohre. Vom helleren Straßenende her trabte ein Hund auf sie zu, seine Krallen klickten spitz auf den abgewetzten Steinen. Als er sie erreichte, blieb er weder stehen, noch würdigte er sie eines Blickes, und nachdem er sich in der Dunkelheit aufgelöst hatte, war seine komplizierte Schrittfolge noch zu hören.

»Wir hätten die Stadtpläne mitnehmen sollen«, sagte Colin.

Mary lehnte sich enger an ihn. »Tut fast gar nichts«, murmelte sie. »Wir machen doch Ferien.«

Eine Stunde später wurden sie durch Stimmen und Gelächter geweckt. Irgendwo bimmelte unablässig eine helle Glocke. Das Licht war jetzt matt, und die Brise war warm und feucht wie der Atem eines Tiers. Kleine Kinder in leuchtendblauen Kitteln mit schwarzen Krägen und Manschetten flitzten an ihnen vorbei, hoch auf dem Rücken trug jedes ein ordentliches Bücherpaket. Colin kam hoch und torkelte, den Kopf in beiden Händen, zur Mitte der engen Straße, wo die Kinder auseinanderwichen und sich um ihn scharten. Ein kleines Mädchen warf ihm einen Tennisball in die Magengrube und fing den Abpraller geschickt wieder auf; die Menge quietschte vor Vergnügen und Applaus. Dann hörte das Gebimmel auf, und die übriggebliebenen Kinder verstummten und begannen verbissen loszurennen. Die Straße war mit einemmal auffallend leer. Mary stand tiefgebückt bei der Stufe und kratzte sich mit beiden Händen heftig an Wade und Knöchel ihres einen Beins. In der Straßenmitte starrte Colin leicht schwankend in die Richtung der flachen Gebäude.

»Mich hat was gestochen«, rief Mary.

Colin kam und stellte sich hinter sie und sah ihr

beim Kratzen zu. Eine Anzahl kleiner roter Punkte wuchs zu Münzengröße und entflammte hochrot. »Ich würde es lieber bleiben lassen«, sagte Colin. Er faßte ihr Handgelenk und zog sie auf die Straße. Weit hinter sich hörten sie die Kinder eine Gebetsformel oder das Einmaleins herunterleiern; eine Akustik, die an einen Raum von gewaltigen Ausmaßen denken ließ, verzerrte ihre Stimmen.

Mary hüpfte auf dem Bein. »O Gott!« rief sie in ihrer Qual etwas selbstspöttisch. »Ich sterbe, wenn ich nicht dran kratze. Und einen Durst hab ich!«

Durch seinen Kater hatte Colin eine für ihn sehr untypische abweisende und ruppige Autorität erlangt. Er stand hinter Mary, klemmte ihr die Arme am Körper fest und lenkte sie die Straße hinunter. »Wenn wir da hinunter gehen«, sagte er ihr ins Ohr, »kommen wir zum Meer, glaube ich. Da unten hat sicher ein Café auf.«

Mary ließ sich vorwärts schieben. »Du bist unrasiert.«

»Vergiß nicht«, sagte Colin, als sie schneller die Neigung hinuntergingen, »wir machen doch Ferien.«

Das Meer lag direkt hinter der Straßenbiegung. Der Uferbezirk war schmal und menschenleer, in beiden Richtungen von einer lückenlosen Kette verwitterter Häuser begrenzt. Aus dem glatten, gelblichen Wasser staken in wunderlichen, aussichtslosen Winkeln hohe Pfähle, aber es lagen keine Boote daran vertäut. Rechts von Colin und Mary wies ein narbiges Blechschild den Weg am Kai entlang zu einem Krankenhaus. Flankiert von zwei Frauen mittleren Alters, die ausgebuchtete Plastiktüten schleppten, erreichte ein kleiner Junge den Uferbezirk auf derselben Straße wie sie. Die Gruppe machte bei dem Schild halt, die Frauen bückten sich und kramten in ihren Tüten, so als sei etwas vergessen worden. Als sie weitermarschierten, stellte der Junge eine piepsige Forderung und wurde sofort zum Verstummen gebracht.

Colin und Mary hockten sich nahe der Kaikante auf Packkisten, die streng nach totem Fisch rochen. Es war eine Erleichterung, die engen Straßen und Durchgänge der Stadt hinter sich zu haben und aufs Meer hinauszublicken. Die Aussicht wurde beherrscht von einer flachen, umwallten Insel, etwa dreiviertel Kilometer weit draußen, die ein einziger Friedhof war. An einem Ende lagen eine Kapelle und ein kleiner Steinpier. Auf diese Entfernung und bei der durch einen bläulichen Frühnebel verzerrten Perspektive boten die hellen Mausoleen und Grabsteine den Anblick einer überentwickelten Stadt der Zukunft. Hinter einem flachen Damm aus Abgasdunst war die Sonne eine Scheibe aus schmutzigem Silber, klein und präzis.

Wieder lehnte sich Mary an Colins Schulter.

»Heute wirst du dich um *mich* kümmern müssen«, sagte sie mit einem Gähnen.

Er streichelte ihr den Nacken. »Dann hast du dich also gestern um *mich* gekümmert?«

Sie nickte und machte die Augen zu. Der Anspruch, umsorgt zu werden, war eine Gepflogenheit zwischen ihnen, und sie kamen ihm abwechselnd getreulich nach. Colin wiegte Mary in seinen Armen und küßte sie ein wenig abwesend aufs Ohr. Hinter der Friedhofsinsel war ein Wasserbus aufgetaucht und legte am Steinpier an. Sogar auf diese Entfernung konnte man erkennen, daß die winzigen aussteigenden Gestalten in Schwarz Blumen trugen. Ein dünner, plärrender Schrei erreichte sie über das Wasser, eine Möwe oder vielleicht ein Kind, und das Boot schob sich von der Insel weg.

Es steuerte den Krankenhauspier an, der hinter einer Biegung des Uferbezirks lag und von ihrem Sitzplatz aus nicht zu sehen war. Das Krankenhaus selbst jedoch überragte die umliegenden Gebäude, eine Zitadelle mit abblätternder, senfgelber Leimfarbe, mit steilen, blaßroten Ziegeldächern, die ein wackliges Gewirr von Fernsehantennen stützten. Einige Stationen hatten hohe, vergitterte Fenster, die sich auf Balkone von der Größe kleiner Schiffe öffneten, wo Patienten oder weißgekleidete Krankenschwestern sitzend oder im Stehen aufs Meer hinausstarrten.

Der Uferbezirk und die Straßen hinter Colin und Mary füllten sich mit Menschen. Alte Frauen mit schwarzen Tüchern trotteten in Schweigen gehüllt mit leeren Einkaufstaschen vorbei. Aus einem nahegelegenen Haus kamen der scharfe Geruch von starkem Kaffee und Zigarrenrauch, der sich mit dem Gestank »toter Fisch« vermengte und ihn beinahe tilgte. Ein verschrumpelter Fischer, der einen abgerissenen grauen Anzug und ein einstmals weißes Hemd ohne Knöpfe trug, so als sei er schon vor langer Zeit einem Bürojob entronnen, ließ dicht an den Packkisten, beinahe bei ihren Füßen, einen Haufen Netze fallen. Colin machte eine vage entschuldigende Geste, aber der Mann, schon wieder im Weggehen, verkündete deutlich: »Touristen!« und gab das Handzeichen –: Sondergenehmigung.

Colin weckte Mary und überredete sie, mit ihm zum Krankenhauspier zu laufen. Wenn es dort kein Café gab, würde sie der Wasserbus durch die Kanäle zur Stadtmitte unweit ihres Hotels bringen.

Als sie das imposante Pförtnerhaus erreichten, das den Eingang zum Krankenhaus bildete, legte der Wasserbus eben ab. Zwei junge Männer mit blauen Jacken, dunklen Brillen mit Silbergestell und identischen, bleistiftdünnen Schnurrbärten manövrierten das Boot. Der eine stand am Steuerrad bereit, während der andere geschickt-verächtlich aus dem Handgelenk das Anlegetau vom Poller wand; im letztmöglichen Moment stieg er über die breiter werdende Kluft öligen Wassers, löste mit derselben Bewegung die Stahlbarriere, hinter der sich die Passagiere drängten, und sicherte sie mit einer Hand, wobei er teilnahmslos auf den zurückfallenden Kai starrte und sich laut mit seinem Kollegen unterhielt.

Ohne Diskussion wandten sich Colin und Mary landeinwärts und schlossen sich den Menschen an, die durch das Pförtnerhaus und eine steile, mit Blumensträuchern eingefaßte Auffahrt hinauf zum Krankenhaus strömten. Auf Schemeln saßen ältere Frauen, die Illustrierte, Blumen, Kruzifixe und Statuetten verkauften, doch nicht einmal zum Anschauen blieb jemand stehen.

»Wenn es eine Ambulanz gibt«, sagte Colin und faßte Marys Hand fester, »könnte es auch einen Laden geben, der Erfrischungen verkauft.«

Mary war plötzlich außer sich. »Ich brauche unbedingt ein Glas Wasser. Das werden sie hier ja wohl noch haben.« Ihre Unterlippe war rissig, und die Haut um ihre Augen dunkel.

»Sollte man meinen«, sagte Colin. »Ist ja schließlich ein Krankenhaus.«

Vor einem Komplex verzierter Glastüren, die von einem großen Halbrund aus Buntglas gekrönt wurden, hatte sich eine Schlange gebildet. Auf Zehenspitzen konnten sie durch die Widerspiegelungen von Menschen und Sträuchern eine uniformierte Gestalt ausmachen, einen Pförtner oder Polizisten, der in dem Dämmerlicht zwischen einer Türreihe und der nächsten stand und die Ausweispapiere jedes Besuchers prüfte. Ringsum zogen die Leute aus Hosen- und Handtaschen ihre leuchtendgelben Karten. Die Stationen hatten ganz offensichtlich Besuchszeit, denn von den Wartenden schien keiner krank zu sein. Die Menge schob sich näher zur Tür. Ein elegant beschriftetes Schild auf einer Staffelei verkündete einen langen und komplizierten Satz, in dem ein ganz ähnliches Wort wie »Sicherheit« zweimal vorkam. Weil sie zu müde gewesen waren, sich rechtzeitig aus der Schlange zu lösen oder ihr Bedürfnis nach einer Erfrischung zu erklären, nachdem sie die Schwelle einmal überschritten und sich dem uniformierten Wächter gegenüber befunden hatten, schritten Colin und Mary nun wieder die Auffahrt hinunter, begleitet von den allgemeinen Ratschlägen der mitfühlenden Menge an der Tür; es schien in der Umgebung gleich mehrere Cafés zu geben, doch keines in der Nähe der Krankenhauspforte. Mary sagte, sie wolle sich irgendwo hinsetzen und heulen, und als sie sich nach einem passenden Ort umsahen, hörten sie einen Ruf und das gedämpfte Dröhnen einer Schiffmaschine, die volle Kraft zurücklief; der nächste Wasserbus machte am Pier fest.

Um das Hotel zu erreichen, mußte man eine der großen Touristenattraktionen der Welt überqueren, eine gewaltige, keilförmige Pflasterfläche, auf drei Seiten umschlossen von würdigen Arkadengebäuden und an ihrem offenen Ende beherrscht von einem Uhrturm aus roten Ziegeln und hinter diesem dann eine weltberühmte Kirche mit weißen Kuppeln und gleißender Fassade, ein, so war es oft beschrieben worden, in vielen Jahrhunderten der Zivilisation triumphales organisch-gewachsenes Ganzes. An den Längsseiten des Platzes aufgestellt und einander über die Pflastersteine hinweg konfrontierend wie zwei feindliche Armeen, standen die dichtgedrängten Stuhlreihen und runden Tische der alteingesessenen Kaffeehäuser; benachbarte Orchester, deren Musiker und Dirigenten, der morgendlichen Hitze ungeachtet, weiße Dinnerjackets trugen, spielten gleichzeitig Märsche und Romantisches, Walzer und Auszüge populärer Opern mit donnernden Höhepunkten. Überall hockten Tauben, stolzierten und ließen ihren Dreck fallen, und jedes Kaffeehausorchester pausierte unsicher nach dem ernsthaft gespendeten, dünnen Applaus der ihm am nächsten sitzenden Gäste. Touristen schwärmten über die strahlendhelle freie Fläche aus oder stoben in kleinen Gruppen davon und lösten sich im monochromen Schachbrettmuster aus Licht und Schatten in den zierlichen mit Kolonnaden

66

versehenen Bogengängen auf. Etwa zwei Drittel der männlichen Erwachsenen hatten Kameras umhängen.

Colin und Mary hatten es mit Mühe vom Boot bis hierher geschafft, und bevor sie den Platz überquerten, standen sie nun im abnehmenden Schatten des Uhrturms. Mary holte ein paarmal tief Luft und machte über den Lärm hinweg den Vorschlag, sich hier ein Glas Wasser zu besorgen. Sie blieben dicht zusammen und gingen um den Platz, aber es gab keine freien Tische, es gab nicht einmal Tische, die man sich hätte teilen können, und es stellte sich heraus, daß viel von dem Hin und Her auf dem Platz von Leuten rührte, die auf der Suche nach einem Stuhl waren, und daß diejenigen, die sich in die labyrinthischen Straßen stürzten, dies aus Verärgerung taten.

Erst nachdem sie mehrere Minuten am Tisch eines älteren Paares ausgeharrt hatten, das sich auf den Stühlen wand und die Rechnung schwenkte, konnten sie sich endlich hinsetzen, und dann zeigte sich, daß der Tisch in einer entlegenen Ecke des Reviers ihres Obers stand und daß viele andere, die den Hals reckten und ungehört mit den Fingern schnalzten, vor ihnen Beachtung finden würden. Mary stierte Colin mit schmäler werdenden, blutunterlaufenen Augen an und murmelte mit rissigen, verschwollenen Lippen etwas; und als er ihr scherzhaft die Pfütze aus der winzigen Kaffeetasse vor sich offerierte, vergrub sie das Gesicht in den Händen.

Colin ging rasch um die Tische zu den Arkaden. Doch die Gruppe von Obern, die im tiefen Schatten am Eingang der Bar herumlungerten, verscheuchte ihn. »Kein Wasser«, sagte einer und wies auf das helle Meer zahlender Gäste, das von den dunklen Wölbungen der Bogen umrahmt wurde. Zurück am Tisch, faßte Colin Marys Hand. Sie waren in etwa gleich weit entfernt von zwei Orchestern, und obwohl der Klang nicht laut war, erschwerten die Dissonanzen und Überkreuzrhythmen eine Entscheidung. »Ich glaube, sie bringen irgend etwas«, sagte Colin unbehaglich.

Sie lösten die Hände und lehnten sich zurück. Colin folgte Marys Blick zu einer in der Nähe sitzenden Familie, deren Baby, vom Vater um die Hüfte gestützt, auf dem Tisch stand und zwischen den Aschenbechern und leeren Tassen schwankte. Es trug einen weißen Sonnenhut, ein grün-weiß gestreiftes Matrosenleibchen, mit rosa Spitze und weißem Band gekräuselte Pumphosen, gelbe Halbsöckchen und scharlachrote Lederschuhe. Der blaßblaue, runde Teil seines Schnullers war fest auf den Mund gedrückt und verdeckte ihn, was dem Baby den fortgesetzten Ausdruck drolliger Überraschung gab. Aus den Mundwinkeln sammelte sich eine

Sabberspur in seinem tiefen Kinngrübchen und quoll als leuchtendes Medaillon über. Die Hände des Babys ballten und öffneten sich, sein Kopf wackelte lächerlich, seine fetten, kraftlosen Beine spreizten sich um die massige, schamlose Last seiner Windel. Die wilden Augen, rund und klar, flammten über den sonnenhellen Platz und hefteten sich in anscheinendem Erstaunen und Zorn auf den Dachfirst der Kirche, wo, wie es einmal beschrieben worden war, die Kronen der Bogen wie in Ekstase zu marmornem Schaum hochkochten und sich in Blitzen und Kränzen skulpturierter Gischt weit in den blauen Himmel warfen wie Küstenbrecher, die vor dem Fall der Frost gebannt hatte. Das Baby stieß einen heiseren, gutturalen Laut aus, und seine Arme zuckten in die Richtung des Gebäudes.

Als ein Ober, der ein Tablett mit leeren Flaschen trug, auf sie zugewirbelt kam, hob Colin zaghaft die Hand; doch der Mann war längst an ihnen vorbei und schon mehrere Meter weiter, noch ehe die Geste halb ausgeführt worden war. Die Familie traf Anstalten zum Aufbruch, und das Kind wurde herumgereicht, bis es in die Arme seiner Mutter gelangte, die ihm mit dem Handrücken den Mund abwischte, es vorsichtig auf den Rücken in einen silbereingefaßten Kinderwagen legte und daranging, ihm Arme und Brust mit energischem Zurren in ein vielschnalliges Ledergeschirr einzuschnüren.

Es legte sich zurück und heftete seinen wütenden Blick auf den Himmel, als man es davonkarrte.

»Wie mags den Kindern gehen«, sagte Mary, die ihm hinterherschaute. Marys zwei Kinder waren bei ihrem Vater, Marys Exgatten, der in einer Landkommune lebte. Drei an sie adressierte und alle am ersten Tag geschriebene Postkarten lagen noch immer auf dem Nachtkästchen im Hotelzimmer, unfrankiert.

»Rugby, Würstchen, Comics und Limo werden ihnen fehlen, aber ansonsten prächtig, würde ich schätzen«, sagte Colin. Zwei Händchen haltende Männer, die einen Sitzplatz suchten, standen einen Augenblick an ihren Tisch gedrängt.

»All diese Berge und weiten, freien Flächen«, sagte Mary. »Weißt du, manchmal kann es hier richtig beklemmend sein.« Sie starrte Colin an.

Er nahm ihre Hand. »Wir sollten die Postkarten abschicken.«

Mary zog ihre Hand weg und blickte sich nach den Bogen und Säulen um, die sich Hunderte von Metern lang wiederholten.

Auch Colin blickte sich um. Es waren keine Ober zu sehen, und alle Welt schien ein volles Glas zu haben.

»Wie ein Gefängnis ist das hier«, sagte Mary.

Colin verschränkte die Arme und sah sie lange an, ohne mit der Wimper zu zucken. Es war seine Idee

gewesen, hierherzukommen. Schließlich sagte er:
»Unser Flug ist bezahlt und geht erst in zehn
Tagen.«

»Wir könnten ja den Zug nehmen.«

Colin starrte an Marys Kopf vorbei.

Die beiden Orchester hatten gleichzeitig aufge-
hört, und die Musiker strebten den Arkaden zu, in
die Bars ihrer jeweiligen Kaffeehäuser; ohne ihre
Musik wirkte der Platz sogar noch ausladender, nur
teilweise erfüllt vom Geräusch von Schritten, dem
scharfen Klacken schicker Schuhe, dem Schlappen
von Sandalen; und von Stimmen, ehrfürchtigem
Gemurmel, Kindergeschrei, elterlichen Verboten.
Mary verschränkte die Arme und ließ den Kopf
sinken.

Colin stand auf und winkte mit beiden Armen
einem Ober, der nickte und sich auf sie zuzubewe-
gen begann; unterwegs sammelte er Bestellungen
und leere Gläser ein. »Kaum zu fassen«, rief Colin
jubelnd.

»Wir hätten sie mitnehmen sollen«, sagte Mary in
ihren Schoß.

Colin war noch immer auf den Beinen. »Er
kommt tatsächlich!« Er setzte sich und zupfte sie am
Handgelenk. »Was möchtest du haben?«

»Es war gemein von uns, sie nicht mitzunehmen.«

»Ich finde, es war ziemlich umsichtig.«

Der Ober, ein großer, gutsituiert wirkender Mann mit einem dichten, ergrauenden Bart und einer Goldrandbrille, war plötzlich an ihrem Tisch und beugte sich mit leicht zusammengekniffenen Augenbrauen zu ihnen.

»Was willst du, Mary?« flüsterte Colin drängend.

Mary faltete die Hände im Schoß und sagte: »Ein Glas Wasser ohne Eis.«

»Ja, *zweimal*«, sagte Colin beflissen »und...«

Der Ober straffte sich und schnaubte kurz durch die Nase. »Wasser?« sagte er abweisend. Sein Blick wanderte zwischen ihnen und taxierte ihr schlampiges Äußeres. Er trat einen Schritt zurück und nickte in eine Ecke des Platzes. »Wasserhahn!«

Als er gehen wollte, wirbelte Colin in seinem Stuhl herum und packte ihn am Ärmel. »Aber, Herr Ober, nein«, flehte er. »Wir wollten auch Kaffee und etwas...«

Der Ober schüttelte seinen Arm frei. »Kaffee!« wiederholte er mit spöttisch geblähten Nasenflügeln. »Zwei Kaffee!«

»Ja doch!«

Der Mann schüttelte den Kopf und war verschwunden.

Colin sackte in seinem Stuhl zusammen, schloß die Augen und schüttelte langsam den Kopf: Mary bemühte sich geradezusitzen.

Sie stieß ihn unter dem Tisch sacht ans Bein. »Na

komm. Es sind nur zehn Minuten bis zum Hotel.«
Colin nickte, machte aber die Augen nicht auf. »Wir
können duschen und auf unserem Balkon sitzen und
uns alles, was wir möchten, raufbringen lassen.« Je
weiter Colin das Kinn auf die Brust sackte, desto
lebhafter wurde Mary. »Wir können ins Bett gehen.
Mmmm, die sauberen, weißen Laken. Wir machen
die Läden zu. Kannst du dir etwas Schöneres vorstellen? Wir können...«

»Gut«, sagte Colin stumpf. »Gehen wir ins Hotel.« Aber keiner von beiden rührte sich.

Mary spitzte den Mund und sagte dann: »Er
bringt den Kaffee wahrscheinlich sowieso. Wenn
die Leute hier den Kopf schütteln, kann das alles
mögliche heißen.«

Mit der wachsenden Morgenhitze hatten die
Menschenmassen abgenommen, es gab jetzt genü-
gend Tische, und diejenigen, die noch immer über
den Platz liefen, waren entweder entschiedene Touristen oder Bürger mit echten Zielen, alles verstreute
Gestalten, die vor der Ungeheuerlichkeit der freien
Fläche zwergenhaft in der flirrenden Luft flimmer-
ten. Auf der gegenüberliegenden Seite des Platzes
hatte sich das Orchester wieder eingefunden und
intonierte einen Wiener Walzer; auf Colins und
Marys Seite blätterte der Dirigent in einer Partitur,
während die Musiker ihre Plätze einnahmen und
sich die Noten auf den Pulten zurechtlegten. Eine

der Folgen ihrer so großen gegenseitigen Vertrautheit war es, daß Mary und Colin häufig kommentarlos ein und dasselbe anstarrten; diesmal war es ein Mann, der mehr als fünfzig Meter entfernt mit dem Rücken zu ihnen stand. Sein weißer Anzug stach im grellen Licht hervor; er war stehengeblieben, um dem Walzer zuzuhören. In der einen Hand trug er eine Kamera, die andere hielt eine Zigarette. Er hatte das Gewicht auf einen Fuß verlagert, und sein Kopf bewegte sich im Takt mit dem simplen Rhythmus. Dann wandte er sich plötzlich wie gelangweilt ab, denn die Musik war nicht zu Ende, und schlenderte in ihre Richtung; unterwegs ließ er die Zigarette fallen und trat sie ohne hinzusehen aus. Er zog, ohne im Schritt innezuhalten, eine Sonnenbrille aus der Brusttasche und polierte sie kurz mit einem weißen Taschentuch, bevor er sie aufsetzte; jede seiner Bewegungen wirkte wie abgezirkelt. Trotz der Sonnenbrille, dem gutgeschnittenen Anzug und der hellgrauen Krawatte erkannten sie ihn gleich und verfolgten wie hypnotisiert sein Näherkommen. Es ließ sich nicht sagen, ob er sie gesehen hatte, doch jetzt hielt er direkt auf ihren Tisch zu.

Colin ächzte. »Wir hätten ins Hotel gehen sollen.«

»Wir sollten wegsehen«, sagte Mary, doch sie verfolgten weiter, wie er näherkam, überwältigt von der neuen Erfahrung, in einer fremden Stadt jemanden wiederzuerkennen, und von der Faszination, zu sehen ohne gesehen zu werden.

»Er hat uns nicht gesehen«, flüsterte Colin, doch wie auf ein Stichwort blieb Robert stehen, breitete die Arme weit aus und rief: »Meine Freunde!« Er schüttelte Colin die Hand und hob Marys an die Lippen.

Sie lehnten sich zurück und lächelten ihn kraftlos an. Er hatte sich einen Stuhl organisiert und saß mit einem breiten Grinsen zwischen ihnen, so als seien mehrere Jahre und nicht nur wenige Stunden vergangen, seit sie sich getrennt hatten. Er rekelte sich in seinem Stuhl, hatte den Knöchel aufs Knie gelegt und präsentierte weiche, eierschalenfarbene Lederstiefel. Der schwache Duft seines Eau de Cologne, der so ganz anders war, als der seines Parfüms von letzter Nacht, verbreitete sich um den Tisch. Mary begann sich am Bein zu kratzen. Als sie ihm erklärten, daß sie bis jetzt noch nicht wieder im Hotel gewesen seien, daß sie auf der Straße geschlafen hätten, rang Robert entsetzt nach Luft und setzte sich kerzengerade hin. Auf der anderen Seite des Platzes war der erste Walzer unmerklich in einen zweiten übergegangen; in unmittelbarer Nähe riskierte das zweite Orchester einen ungelenken Tango: »Hernando's Hideaway«.

»Das ist meine Schuld«, rief Robert. »Ich habe Sie

bis spät nachts mit Wein und meinen dummen Geschichten aufgehalten.«

»Hör auf zu kratzen«, sagte Colin zu Mary; und zu Robert: »Überhaupt nicht. Wir hätten unsere Stadtpläne mitnehmen sollen.«

Doch Robert war bereits auf den Beinen, seine eine Hand ruhte auf Colins Unterarm, die andere griff nach Marys Hand. »Ja, die Verantwortung trifft mich. Ich werde alles wieder gutmachen. Sie werden doch meine Gastfreundschaft annehmen.«

»Oh, das geht aber nicht«, sagte Colin unbestimmt. »Wir wohnen im Hotel.«

»Wenn man so müde ist, ist ein Hotel nicht gerade der geeignetste Ort. Ich werde Sie mit soviel Behaglichkeit trösten, daß Sie Ihre schreckliche Nacht vergessen werden.« Robert schob seinen Stuhl unter den Tisch, damit Mary vorbei konnte.

Colin zupfte sie am Kleid. »Wart doch mal eine Sekunde...« Der kurze Tango holperte in sein Finale und wurde durch geschickte Modulation zu einer Rossini-Ouvertüre; aus dem Walzer war ein Galopp geworden. Auch Colin stand auf, er runzelte vor Anstrengung sich zu konzentrieren die Stirn. »Warte...«

Doch Robert geleitete Mary durch die Lücken zwischen den Tischen. Ihre Bewegungen hatten die langsame Automatie einer Schlafwandlerin. Robert wandte sich um und rief Colin ungeduldig zu. »Wir nehmen ein Taxi.«

Sie gingen vorbei am Orchester, vorbei am Uhrturm, dessen Schatten jetzt nurmehr ein Stumpf war, und weiter zum geschäftigen Uferbezirk, dem Brennpunkt der schäumenden Lagune, wo die Bootsführer Robert gleich zu erkennen schienen und verbissen um seine Kundschaft stritten.

Fünf

Durch die halboffenen Läden warf die sinkende
Sonne eine Raute orangefarbener Stäbe auf die
Schlafzimmerwand. Vermutlich war es die Bewegung von Wolkenbüscheln, die die Stäbe verblassen
und verschwimmen und dann wieder hell und scharf
aufleuchten machte. Mary hatte ihnen eine volle
halbe Minute zugesehen, ehe sie ganz wach war.
Das Zimmer hatte eine hohe Decke, weiße Wände
und war nicht vollgestellt; zwischen ihrem und
Colins Bett stand ein zerbrechliches Bambustisch-
chen, das einen Steinkrug und zwei Gläser trug; vor
der anstoßenden Mauer war eine geschnitzte Truhe
und darauf eine irdene Vase, in der überraschender-
weise ein Zweig Judassilberlinge stak. Die trocke-
nen, silbrigen Blätter raschelten in dem warmen
Luftzug, der durch das halboffene Fenster ins
Zimmer strömte. Der Fußboden schien aus einer
einzigen unzerstückelten grün-braun gesprenkelten
Marmorplatte gemacht zu sein. Mary setzte sich
mühelos auf und stellte ihre bloßen Füße auf die
eisige Fläche. Eine angelehnte Tür mit Schallbrettern führte in ein weißgekacheltes Bad. Eine zweite

Tür, die, durch die sie eingetreten waren, war geschlossen, und an einem Messinghaken hing ein weißer Morgenmantel. Mary goß sich ein Glas Wasser ein; das hatte sie vor dem Einschlafen mehrmals getan; diesmal nippte sie nur daran, anstatt es hinunterzukippen, und sie setzte sich kerzengerade auf und streckte den Rücken so weit es ging und betrachtete Colin.

Wie sie war er nackt und lag auf den Leintüchern, hüftabwärts flach auf dem Bauch, darüber ein klein wenig linkisch in ihre Richtung gekrümmt. Er hatte die Arme fötal über der Brust gekreuzt, und seine schlanken, unbehaarten Beine standen eine Spur auseinander, die Füße, ungewöhnlich klein wie die eines Kindes, zeigten einwärts. Die feinen Knochen seiner Wirbelsäule gingen in seinem Kreuz in eine tiefe Furche über, und entlang dieser Linie wuchs ein zarter Flaum, den das durch die Läden gedämpft einfallende Licht hervortreten ließ. Um Colins schmale Hüften gab es in der weißen Haut kleine Einkerbungen, wie Zahnabdrücke, die vom Gummizug in seiner Hose stammten. Seine Pobacken waren klein und straff wie bei einem Kind. Mary beugte sich vor, um ihn zu streicheln, und entschied sich um. Sie stellte statt dessen das Wasser auf dem Tisch ab und rückte näher, um sein Gesicht zu studieren, so wie das einer Statue vielleicht.

Es war vorzüglich geschnitten, unter genialer

Mißachtung der üblichen Proportionen. Das Ohr – nur eins war zu sehen – war groß und stand leicht ab; die Haut war so blaß und fein, beinahe durchscheinend, und die Ohrschnecke war viel öfter als gewöhnlich in unmögliche Windungen gefaltet; die Ohrläppchen waren ebenfalls lang, schwellend und konisch wie Tränen. Colins Brauen waren dicke Bleistiftstriche, die bis zu seinem Nasenrücken absanken und sich fast berührten. Geöffnet waren seine tiefliegenden Augen dunkel, und jetzt verschlossen sie graue, dornige Wimpern. Im Schlaf waren die grüblerischen Falten, die ihm die Stirn sogar beim Lachen furchten, gewichen und hinterließen nur ein kaum sichtbares Wasserzeichen. Die Nase war wie die Ohren lang, stand aber im Profil nicht hervor; sie lag vielmehr flach am Gesicht an, und an ihrer Spitze waren, wie Kommas, außergewöhnlich kleine Nasenlöcher eingegraben. Colins Mund war geradlinig und fest und nur andeutungsweise von Zähnen geteilt. Sein Haar war ungewöhnlich fein, wie das eines Babys, und schwarz, und es fiel ihm in Locken auf seinen schlanken, weiblichen Hals.

Mary ging zum Fenster und machte die Läden weit auf. Das Zimmer lag genau zur untergehenden Sonne hin und schien vier oder fünf Stockwerke hoch zu sein, höher als die meisten der umgebenden Gebäude. Bei dem kräftigen Licht, das ihr direkt in die Augen fiel, war es schwierig, das Straßenschild unten zu erkennen und ihre relative Lage zum Hotel abzuschätzen. Das Gemisch von Schritten, Fernsehmusik, klapperndem Besteck und Geschirr, Hunden und unzähligen Stimmen drang wie von einem riesigen Orchester und Chor aus den Straßen herauf. Sie schloß leise die Läden und gab der Wand die Stäbe wieder. Angereizt durch die Großzügigkeit des Zimmers, den glänzenden, unverstellten Marmorboden, machte sich Mary an ihre Yoga-Übungen. Sie japste, als sie die Kälte des Fußbodens an ihren Pobacken spürte, und saß mit vor sich ausgestreckten Beinen und geradem Rücken da. Sie lehnte sich langsam und tief ausatmend nach vorn, faßte mit beiden Händen die Fußsohlen und beugte den Rumpf über die Beine, bis ihr Kopf auf den Schienbeinen lag. Sie verharrte mehrere Minuten in dieser Position, die Augen geschlossen, regelmäßig atmend. Als sie hochkam, setzte sich Colin auf.

Noch benommen wanderte sein Blick von ihrem leeren Bett zum Muster an der Wand, zu Mary auf dem Fußboden. »Wo sind wir denn?«

Mary legte sich auf den Rücken. »Weiß nicht so genau.«

»Wo ist Robert?«

»Keine Ahnung.« Sie hob die Beine über den Kopf, bis sie hinter ihr auf dem Fußboden ruhten.

Colin stand auf und setzte sich gleich wieder. »Und wie spät ist es?«

Marys Stimme klang dumpf. »Abends.«

»Wie gehts deinen Stichen?«

»Danke, sind weg.«

Colin stand wieder auf, diesmal vorsichtig, und sah sich um. Er verschränkte die Arme. »Was ist mit unseren Kleidern passiert?«

Mary sagte: »Keine Ahnung«, und hob die Beine über den Kopf zu einer Kerze.

Colin tappte unsicher zur Badezimmertür und steckte den Kopf hindurch. »Hier drin sind sie nicht.« Er nahm die Vase mit den Judassilberlingen hoch und hob den Deckel der Truhe. »Hier auch nicht.«

»Nein«, sagte Mary.

Er setzte sich auf sein Bett und betrachtete sie. »Meinst du nicht, wir sollten sie finden? Beruhigt dich das nicht?«

»Mir gehts gut«, sagte Mary.

Colin seufzte. »Schön, kümmere ich mich eben drum, was hier los ist.«

Mary senkte die Beine und sagte zur Zimmerdecke hin: »An der Tür hängt ein Morgenmantel.« Sie arrangierte ihre Glieder so bequem wie möglich auf dem Boden, drehte die Handflächen nach oben, schloß die Augen und begann tief durch die Nase zu atmen.

Ein paar Minuten später hörte sie Colin mit von der Badezimmerakustik verkorkster Stimme mürrisch rufen: »Ich kann das nicht anziehen.« Sie öffnete die Augen, als er ins Zimmer kam. »Doch!« sagte Mary verwundert und durchquerte das Zimmer. »Du siehst wunderschön aus.« Sie zupfte ihm die Locken aus dem Rüschenkragen und tastete nach seinem Körper unter dem Stoff. »Du siehst aus wie ein Gott. Ich glaube, ich werde dich mit ins Bett nehmen müssen.« Sie zog ihn am Arm, doch Colin machte sich los.

»Ein Morgenmantel ist das jedenfalls nicht«, sagte er, »das ist ein *Nachthemd.*« Er wies auf einen über seiner Brust eingestickten Blumenstrauß.

Mary trat einen Schritt zurück. »Du hast ja keine Ahnung, wie gut du darin aussiehst.«

Colin begann das Nachthemd auszuziehen. »Ich kann so unmöglich«, sagte er darunter hervor, »in einem fremden Haus herumlaufen.«

»Nicht mit einer Erektion«, sagte Mary, als sie sich wieder ihrem Yoga zuwandte. Sie stand mit geschlossenen Füßen da, die Hände neben sich und beugte sich vor, um die Zehen zu berühren, bückte sich dann noch tiefer und legte Hände und Handgelenke flach auf den Boden.

Colin stand mit dem Nachthemd über dem Arm da und sah ihr zu. »Das mit deinen Stichen ist ja erfreulich«, sagte er nach einer Weile. Mary grunzte. Als sie sich wieder hochgereckt hatte, ging er zu ihr.

»Du mußt das anziehen«, sagte er. »Sieh dich mal um, was hier los ist.«

Mary hüpfte in die Luft und landete mit weitgespreizten Beinen. Sie bog ihren Rumpf zur Seite, bis sie mit der linken Hand den linken Knöchel fassen konnte. Ihre Rechte war in die Luft gestreckt, und sie sah an ihr entlang zur Decke. Colin ließ das Nachthemd auf den Fußboden fallen und legte sich auf sein Bett. Es dauerte fünfzehn Minuten, bis Mary es aufhob und anzog, sich im Badezimmerspiegel das Haar richtete und mit einem schiefen Lächeln für Colin das Zimmer verließ.

Sie tastete sich langsam vorwärts durch eine lange Galerie von Schätzen, Erbstücken, ein Familienmuseum, in dem ein Minimum an Wohnraum um die Schaustücke herumimprovisiert worden war, alles gewichtig ornamentierte, unbenutzte und liebevoll gehegte Einzelstücke aus dunklem Mahagoni, geschnitzt und poliert, spreizfüßig und samtgepolstert. In einer Nische zu ihrer Linken standen zwei Standuhren wie Wachtposten und tickten gegeneinander an. Selbst die kleineren Gegenstände, ausgestopfte Vögel unter Glasstürzen, Vasen, Obstschalen, Lampenständer, unbegreifliche Messing- und Schleifglasobjekte erschienen zu schwer zum Heben, auf ihren Platz gedrückt vom Gewicht der Zeit und verlorengegangener Geschichten. Eine Reihe von drei Fenstern längs der Westwand warf dieselben, jetzt verblassenden, orangen Stäbe, doch hier wurde das Dessin von abgewetzten, gemusterten Teppichbrücken unterbrochen. Im Zentrum der Galerie stand ein großer, polierter Eßtisch mit den dazupassenden hochlehnigen Stühlen drumherum. Am Ende dieses Tischs befanden sich ein Telefon, ein Notizblock und ein Bleistift. An den Wänden hingen mehr als ein Dutzend Ölgemälde, die meisten Porträts, ein paar wenige vergilbende Landschaften. Die Porträts waren einheitlich dunkel; düstere Kleider, verschwommen-trübe Hintergründe, vor denen die Gesichter der Gemalten wie Monde glühten. Zwei Landschaften zeigten, kaum erkennbar, blattlose Bäume, die dunkle Seen überragten, an deren Ufern schattenhafte Gestalten mit erhobenen Armen tanzten.

Am Ende der Galerie waren zwei Türen, durch die eine waren sie eingetreten; sie waren unverhältnismäßig klein, nicht getäfelt und weißgestrichen, und sie vermittelten einem den Eindruck eines großen, in Wohnungen aufgeteilten Herrenhauses. Mary blieb vor einer Kredenz stehen, die zwischen zwei der Fenster an der Wand stand, ein Monster spiegelnder Flächen, dessen einzelne Schubladen jede einen Messingknauf in Form eines Frauenkopfs besaß. Alle Schubladen, die sie ausprobierte, waren abgesperrt. Obenauf war eine sorgfältig arrangierte

Kollektion persönlicher, doch protziger Gegenstände: ein Tablett mit silberrückigen Haar- und Kleiderbürsten für Herren, ein dekorierter Rasiernapf aus Porzellan, mehrere, zu einem Fächer ausgelegte Rasiermesser, eine Reihe Pfeifen in einem Ebenholzgestell, eine Reitgerte, eine Fliegenklatsche, eine goldene Zündholzschachtel, eine Uhr an einer Kette. An der Wand hinter dieser Kollektion hingen Jagdstiche, zumeist stürmende Pferde, die Vorder- und Hinterläufe gespreizt, die Reiter mit Zylindern.

Mary war die Galerie in ihrer gesamten Länge abgeschritten – hatte Bögen um die größeren Stücke gemacht, angehalten, um in einen goldgerahmten Spiegel zu starren –, ehe sie das Auffälligste bemerkte. Glasschiebetüren an der Ostwand führten auf einen langen Balkon. Von ihrem Standort aus machte es das Licht der Kronleuchter schwer, in das Halbdunkel draußen zu sehen, doch eine große Überfülle an blühenden Pflanzen ließ sich eben noch erkennen, und Efeu, kleine Bäume in Kübeln und, Mary stockte der Atem, ein kleines, bleiches Gesicht, das sie aus den Schatten beobachtete, ein körperloses Gesicht, denn der Nachthimmel und der Widerschein des Zimmers im Glas machten es unmöglich, Kleidung oder Haare zu sehen. Es starrte sie weiterhin an, ohne zu blinzeln, ein vollkommen ovales Gesicht; dann glitt es zurück und zur Seite in die Schatten und verschwand. Mary atmete hörbar aus. Der widergespiegelte Raum bebte, als die Glastüren aufgingen. Eine junge Frau mit streng zurückgebundenem Haar betrat ein wenig steif den Raum und streckte die Hand aus. »Kommen Sie nach draußen«, sagte sie. »Es ist angenehmer dort.«

Ein paar Sterne hatten schon den angeschlagenen Pastellhimmel durchbrochen, und dennoch ließen sich das Meer, die Anlegepfähle und sogar die dunklen Umrisse der Friedhofsinsel ganz leicht ausmachen. Direkt unterhalb des Balkons lag, zwölf Meter tiefer, ein verlassener Hof. Die geballten Topfblumen verströmten einen penetranten, fast ungesunden Duft. Die Frau ließ sich mit einem kleinen Schmerzenslaut in einem Segeltuchstuhl nieder.

»Es ist schön«, meinte sie, so als ob Mary etwas gesagt hätte. »Ich verbringe so viel Zeit wie möglich hier draußen.« Mary nickte. Der Balkon erstreckte sich über die Hälfte der Raumlänge. »Ich bin Caroline. Roberts Frau.«

Mary schüttelte ihr die Hand, stellte sich vor und nahm auf einem Stuhl ihr gegenüber Platz. Ein kleiner, weißer Tisch trennte sie, und darauf lag auf einem Teller ein einzelnes Biskuit. Im blühenden Efeu, der die Wand hinter ihnen bedeckte, zirpte eine Grille. Erneut starrte Caroline Mary so an, als könne sie selbst nicht gesehen werden; ihr Blick wanderte stetig von Marys Haar zu ihren Augen, zu ihrem Mund und hinunter bis dort, wo ihr der Tisch die Sicht behinderte.

»Ist das Ihres?« sagte Mary und nahm den Ärmel des Nachthemds zwischen die Finger.

Die Frage schien Caroline aus einem Tagtraum zu wecken. Sie setzte sich in ihrem Stuhl auf, faltete die Hände im Schoß und kreuzte die Beine, so als nähme sie eine wohlbedachte Gesprächspose ein. Als sie dann sprach, klang ihre Stimme gezwungen, ein wenig höhergedrückt als vorher. »Ja, ich habe es selbst gemacht, während ich hier draußen saß. Ich sticke gern.«

Mary gratulierte ihr zu ihrer Arbeit, und dann folgte eine kleine Pause, in der Caroline verzweifelt nach etwas zu suchen schien, was sie sagen könnte. Mit einem nervösen Ruck registrierte sie Marys Blick, der das Biskuit streifte, und sofort hielt sie ihr den Teller hin. »Bitte, nehmen Sie doch.«

»Danke.« Mary versuchte, das Biskuit langsam zu essen.

Caroline beobachtete sie bang. »Sie müssen hungrig sein. Möchten Sie etwas zu essen?«

»Ja, bitte.«

Doch Caroline rührte sich nicht gleich. Dafür sagte sie: »Tut mir leid, daß Robert nicht hier ist. Er bittet Sie, ihn zu entschuldigen. Er ist in seine Bar gegangen. Natürlich geschäftlich. Heute abend fängt ein neuer Geschäftsführer an.«

Mary sah von dem leeren Teller auf. »In seine Bar?«

Caroline begann sich mit großer Mühe zu erheben, sie sprach offensichtlich unter Schmerzen. Als Mary ihre Hilfe anbot, schüttelte sie den Kopf. »Ihm gehört eine Bar. Das ist so eine Art Hobby, denke ich. Das Lokal, wo er Sie mit hingenommen hat.«

»Er hat nie erwähnt, daß sie ihm gehört«, sagte Mary.

Caroline nahm den Teller vom Tisch und ging zur Tür. Als sie dort war, mußte sie den ganzen Körper drehen, um Mary anzuschauen. Sie sagte indifferent: »Sie wissen mehr als ich, ich bin nie dort gewesen.«

Fünfzehn Minuten später kam sie mit einem kleinen Weidenkorb wieder, der mit einem Stapel Sandwiches und zwei Gläsern Orangensaft beladen war. Sie schob sich auf den Balkon und ließ sich von Mary das Tablett abnehmen. Mary blieb stehen, während sich Caroline in ihren Stuhl niederließ.

»Haben Sie sich am Rücken verletzt?«

Doch Caroline sagte nur liebenswürdig: »Essen Sie und lassen Sie Ihrem Freund etwas übrig.« Dann setzte sie rasch hinzu: »Mögen Sie Ihren Freund?«

»Sie meinen Colin?« sagte Mary.

Caroline sprach behutsam, ihr Gesicht verspannte sich, als erwarte sie jeden Augenblick eine laute Explosion. »Ich hoffe, Sie nehmen es mir nicht übel. Ich muß Ihnen etwas gestehen. Das ist nur fair. Wissen Sie, ich bin nämlich reingekommen, während Sie schliefen, und habe Sie angesehen. Ich saß eine halbe Stunde auf der Truhe. Hoffentlich sind Sie nicht böse.«

Mary schluckte und sagte unsicher: »Nein.«

Caroline wirkte mit einem Mal jünger. Sie spielte mit den Fingern wie ein verlegener Teenager. »Ich hielt es für besser, es Ihnen zu sagen. Ich möchte nicht, daß Sie glauben, daß ich Ihnen nachspioniere. Das tun Sie doch nicht, oder?«

Mary schüttelte den Kopf. Carolines Stimme war kaum mehr als ein Flüstern. »Colin ist sehr schön. Das sagte mir Robert schon. Sie natürlich auch.«

Mary aß mehr Sandwiches, eins nach dem anderen, ihr Blick fixierte Carolines Hände.

Caroline räusperte sich. »Sie halten mich wahrscheinlich für verrückt und taktlos dazu. Sind Sie verliebt?«

Mary hatte die Hälfte der Sandwiches gegessen und eins oder zwei darüber. »Also, ja, ich liebe ihn, aber vielleicht meinen Sie mit ›verliebt‹ etwas anderes.« Sie blickte auf. Caroline wartete darauf, daß sie fortfuhr. »Ich bin ihm nicht verfallen, wenn Sie das meinen, seinem Körper, so wie es war, als ich ihm das erste Mal begegnete. Aber ich vertraue ihm. Er ist mein engster Freund.«

Caroline sprach ganz aufgeregt, mehr wie ein Kind als wie ein Teenager. »Mit ›verliebt‹ meine ich, daß Sie alles für die andere Person machen würden, und...« Sie zögerte. Ihre Augen leuchteten ungewöhnlich hell. »Und daß Sie alles mit sich geschehen ließen.«

Mary entspannte sich in ihrem Stuhl und wiegte ihr Glas. »›Alles‹ ist ein ziemlich großes Wort.«

Caroline reagierte trotzig. Ihre kleinen Hände waren geballt. »Wenn man in wen verliebt ist, wäre man nötigenfalls sogar bereit, sich von ihm umbringen zu lassen.«

Mary nahm noch ein Sandwich. »Nötigenfalls?«

Caroline hatte nicht hingehört. »Das meine ich mit ›verliebt‹«, sagte sie triumphierend.

Mary schob die Sandwiches aus ihrer Reichweite. »Und vermutlich wäre man bereit, die Person zu töten, in die man ›verliebt‹ ist.«

»O ja, wenn ich der Mann wäre, wäre ich das.«

»Der Mann?«

Doch Caroline hob theatralisch ihren Zeigefinger und legte den Kopf schräg. »Ich hab etwas gehört«, flüsterte sie und begann sich aus ihrem Stuhl hochzuquälen.

Die Tür glitt auf, und Colin betrat ziemlich

vorsichtig den Balkon, er hielt sich ein kleines, weißes Handtuch um die Hüfte.

»Das ist Caroline, Roberts Frau«, sagte Mary. »Das ist Colin.«

Beim Händeschütteln fixierte Caroline Colin so, wie sie Mary fixiert hatte. Colin fixierte die übriggebliebenen Sandwiches. »Holen Sie sich einen Stuhl her«, sagte Caroline und deutete auf einen klappbaren Segeltuchstuhl weiter unten auf dem Balkon. Colin setzte sich zwischen sie mit dem Rücken zum Meer und einer Hand auf der Hüfte, um das Handtuch festzuhalten. Unter Carolines wachsamem Blick aß er die Sandwiches. Mary drehte ihren Stuhl ein klein wenig, damit sie den Himmel betrachten konnte. Eine Zeitlang sagte keiner etwas. Colin trank seinen Orangensaft aus und suchte Marys Blick. Dann fragte Caroline Colin wieder in befangenem Konversationston, ob er seinen Aufenthalt genieße. »Ja«, antwortete er und lächelte Mary zu, »nur verirren wir uns immer.«

Es folgte ein neuerliches kurzes Schweigen. Dann ließ sie Carolines lautstarker Ausruf auffahren: »Aber natürlich! Ihre Kleider. Ich hab gar nicht mehr drangedacht! Ich habe sie gewaschen und getrocknet. Sie sind in dem Schrank in Ihrem Badezimmer eingeschlossen.«

Mary wandte den Blick nicht von den zahlreicher werdenden Sternen. »Das war sehr nett von Ihnen.«

Caroline lächelte Colin zu. »Wissen Sie, ich dachte mir schon, daß Sie ein stiller Mensch sind.«

Colin versuchte das Handtuch wieder über seinem Schoß zu arrangieren. »Sie haben also schon von mir gehört?«

»Caroline ist hereingekommen und hat uns angeschaut, während wir schliefen«, erklärte Mary mit betont gleichgültiger Stimme.

»Sind Sie Amerikanerin?« erkundigte sich Colin höflich.

»Kanadierin, bitte.«

Colin nickte brüsk, so als sei der Unterschied bedeutend.

Caroline unterdrückte ein Kichern und hielt einen kleinen Schlüssel hoch. »Robert ist ganz versessen darauf, daß Sie hierbleiben und mit uns zu Abend essen. Er sagte mir, ich sollte Ihnen Ihre Kleider erst dann wieder geben, wenn sie eingewilligt hätten.« Colin lachte höflich, und Caroline schwenkte den Schlüssel zwischen Zeigefinger und Daumen.

»Also, ich bin sehr hungrig«, sagte Colin, und blickte Mary an, die zu Caroline sagte: »Ich hätte erst gern meine Kleider, bevor ich mich entscheide.«

»Genau das finde ich auch, doch Robert hat darauf bestanden.« Sie wurde plötzlich sehr ernst, beugte sich vor und legte ihre Hand auf Marys Arm. »Bitte, sagen Sie, daß Sie bleiben werden. Wir bekommen so wenig Besuch.« Sie flehte sie an, ihr Blick wanderte zwischen Colins und Marys Gesicht hin und her. »Ich würde mich so freuen, wenn Sie ja sagten. Wir essen hier sehr gut, das verspreche ich Ihnen.« Und dann fügte sie hinzu: »Wenn Sie nicht bleiben, wird Robert mir die Schuld daran geben. Bitte, sagen Sie ja.«

»Na komm schon, Mary«, sagte Colin. »Laß uns bleiben.«

»Bitte!« In Carolines Stimme lag Wildheit. Mary sah verblüfft auf, und die beiden Frauen starrten sich über den Tisch hinweg an. Mary nickte, und mit einem entzückten Aufschrei warf Caroline ihr den Schlüssel zu.

Sechs

Man konnte die fernsten Sterne der Milchstraße erkennen, nicht als feinverstreuten Staub, sondern als deutliche Lichtpunkte, wodurch die helleren Konstellationen unbehaglich nah erschienen. Sogar die Dunkelheit ließ sich greifen, warm und übersättigend. Mary verschränkte die Arme hinter dem Kopf und betrachtete den Himmel, und Caroline rutschte eifrig vor, ihr Blick wanderte stolz zwischen Marys Gesicht und dem Firmament hin und her, so als sei sie persönlich für diese Pracht verantwortlich. »Ich verbringe Stunden hier draußen.« Sie schien sich ein Lob erschmeicheln zu wollen, doch Mary blinzelte nicht einmal.

Colin nahm den Schlüssel vom Tisch und stand auf. »Mir wäre wohler«, sagte er, »wenn ich mehr anhätte als das.«

Er schürzte das kleine Handtuch, wo es seinen Schenkel entblößt hatte.

Als er gegangen war, sagte Caroline: »Sind Männer nicht süß, wenn sie sich genieren?«

Mary machte eine Bemerkung über die Klarheit der Sterne, darüber, wie selten man in einer Stadt einen Nachthimmel sähe. Ihr Tonfall war bedächtig und gelassen.

Caroline saß still da, sie schien darauf zu warten, daß die letzten Echos des Geplauders ganz verklangen, bevor sie sagte: »Wie lange kennen Sie Colin schon?«

»Sieben Jahre«, sagte Mary und fuhr, ohne sich zu Caroline umzudrehen, damit fort, daß ihre Kinder, deren Geschlecht, Alter und Namen sie in rascher Parenthese einfügte, alle beide von Sternen fasziniert wären, daß sie über ein Dutzend Konstellationen benennen könnten, wohingegen sie selbst nur eine benennen könne, den Orion, dessen Riesengestalt jetzt den Himmel vor ihnen überspannte, wobei die Schwertscheide ebenso hell leuchtete wie seine weitausgreifenden Gliedmaßen.

Caroline warf einen knappen Blick auf diesen Himmelsabschnitt, legte ihre Hand auf Marys Handgelenk und sagte: »Sie beide geben ein auffallend hübsches Paar ab, wenn ich mir die Freiheit nehmen darf, das so zu sagen. Alle zwei so zartgebaut, beinahe wie Zwillinge. Robert sagt, Sie sind nicht verheiratet. Leben Sie denn zusammen?«

Mary verschränkte die Arme und sah Caroline schließlich an: »Nein, das tun wir nicht.«

Caroline hatte ihre Hand zurückgezogen und starrte sie, nun als sie auf ihrem Schoß lag, so an, als gehöre sie ihr nicht mehr. Ihr kleines Gesicht, das die umgebende Dunkelheit und die Frisur ihres zurückgekämmten Haars zu einem geometrischen Oval machten, war in seiner Regelmäßigkeit ohne Merkmal, bar jeglichen Ausdrucks, alterslos. Augen, Nase, Mund und Haut hätten alle von einem Komitee entworfen worden sein können, um den Mindestanforderungen der Ausführung zu genügen. Ihr Mund, zum Beispiel, war nicht mehr, als was das Wort besagte: ein sich bewegender, umlippter Schlitz unter ihrer Nase. Sie schaute von ihrem Schoß auf und merkte, daß sie Mary genau in die Augen starrte; sie senkte den Blick sofort zu Boden und stellte ihre Fragen wie vorher. »Und was tun Sie, beruflich, meine ich.«

»Ich war mal beim Theater.«

»Eine Schauspielerin!« Diese Vorstellung begeisterte Caroline. Sie bog sich ungelenk in ihrem Stuhl, so als bereite es ihr Schmerzen, den Rücken gerade zu halten oder ihn zu entspannen.

Mary schüttelte den Kopf. »Ich habe für eine Frauentheatergruppe gearbeitet. Es lief drei Jahre lang ganz gut für uns, und jetzt sind wir auseinandergegangen. Zuviele Streitereien.«

Caroline zog die Stirn in Falten. »Frauentheater?... Nur Schauspielerinnen?«

»Ein paar von uns wollten Männer reinbringen, zumindest ab und zu. Die anderen wollten es so lassen, wie es war, rein. Das hat uns schließlich auseinandergebracht.«

»Ein Stück bloß mit Frauen? Ich verstehe nicht, wie das klappen könnte. Ich meine, was könnte schon *passieren?*«

Mary lachte. »Passieren?« wiederholte sie. »Passieren?«

Caroline wartete auf eine Erklärung. Mary senkte die Stimme und hielt beim Reden etwas die Hand vor den Mund, als wolle sie ein Lächeln vertuschen. »Nun, man könnte ein Stück über zwei Frauen machen, die sich eben erst begegnet sind und die auf einem Balkon sitzen und reden.«

Carolines Miene erhellte sich. »O ja. Aber sie warten wahrscheinlich auf einen Mann.« Sie sah flüchtig auf ihre Armbanduhr. »Wenn er kommt, werden sie aufhören zu reden und hineingehen. Es wird etwas passieren...« Caroline krümmte sich plötzlich vor Kichern; es wäre Gelächter gewesen, hätte sie es nicht so standhaft unterdrückt; sie stützte sich am Stuhl und versuchte, den Mund geschlossen zu halten. Mary nickte ernst und wandte den Blick ab. Mit einem jähen Atemzug war Caroline dann wieder still.

»Na jedenfalls«, sagte Mary, »bin ich arbeitslos.«

Caroline verdrehte ihre Wirbelsäule nach allen Seiten; jede Haltung schien ihr Schmerzen zu bereiten. Mary fragte, ob sie ihr ein Kissen holen dürfe, doch Caroline schüttelte schroff den Kopf und sagte: »Wenn ich lache, tut es weh.« Als Mary sich nach der Ursache der Beschwerden erkundigte, schüttelte Caroline den Kopf und machte die Augen zu.

Mary nahm ihre vorige Haltung wieder ein und betrachtete die Sterne und die Lichter der Fischerboote. Caroline atmete rasch und vernehmlich durch die Nase. Als sie dann einige Minuten später etwas leichter atmete, sagte Mary: »In gewissem Sinn haben sie natürlich recht. Die besten Rollen sind meist für Männer geschrieben, auf der Bühne und auch sonst. Wenn es nötig war, haben wir Männer gespielt. Am besten hat das beim Kabarett geklappt, wenn wir sie auf die Schippe genommen haben. Wir haben sogar einmal einen reinen Frauen-*Hamlet* gemacht. Es wurde ein ziemlicher Erfolg.«

»Hamlet?« Sie sagte es so, als sei ihr das Wort neu. Sie sah über die Schulter. »Das habe ich nie gelesen. Seit der Schule habe ich kein Theaterstück mehr gesehen.« Während sie sprach, ging hinter ihnen in der Galerie mehr Licht an, und der Balkon wurde plötzlich durch die Glastüren beleuchtet und von tiefen Schattenlinien zerteilt. »Kommt da nicht dieser Geist vor?« Mary nickte. Sie lauschte Schritten, die die ganze Galerie entlanggekommen waren und die jetzt abrupt abbrachen. Sie drehte sich nicht um, um hinzusehen. Caroline schaute sie an. »Und jemand, der in ein Nonnenkloster gesperrt wird?«

Mary schüttelte den Kopf. Die Schritte gingen weiter und blieben sofort stehen. Ein Stuhl scharrte, und man hörte eine Reihe metallischer Geräusche, so wie sie Besteck verursacht. »Es kommt ein Geist darin vor«, sagte sie vage. »Und ein Nonnenkloster, aber das sieht man nie.«

Caroline mühte sich aus ihrem Stuhl. Sie war gerade auf die Beine gekommen, da trat Robert adrett vor sie hin und machte einen kleinen Diener. Caroline nahm das Tablett auf und schob sich an ihm vorbei. Es fand keine Begrüßung zwischen ihnen statt, und Robert machte ihr nicht Platz. Er lächelte Mary an, und sie lauschten beide den unregelmäßigen Schritten, die in der Galerie verklangen. Eine Tür öffnete und schloß sich, und alles war still.

Robert trug die Kleidung, in der sie ihn letzte Nacht gesehen hatten, und auch das aufdringliche Aftershave war das gleiche. Ein Schattenwurf ließ ihn noch gedrungener wirken. Er nahm die Hände hinter den Rücken und erkundigte sich bei Mary, indem er ein paar Schritte auf sie zu machte, ob sie und Colin gut geschlafen hätten. Es folgte ein Austausch von Nettigkeiten: Mary bewunderte die Wohnung und den Blick vom Balkon; Robert erklärte, das ganze Haus habe früher einmal seinem Großvater gehört und nach der Erbschaft habe er es in fünf Luxuswohnungen aufgeteilt und lebe nun

von den Mieteinkünften. Er zeigte auf die Friedhofsinsel und sagte, daß sein Großvater und Vater
dort begraben lägen, Seite an Seite. Dann erhob
Mary sich mit dem Hinweis auf ihr Baumwollnacht-
hemd und sagte, sie glaube, sie sollte sich jetzt wohl
besser etwas anziehen. Er geleitete sie durch die
Tür, führte sie an den großen Eßtisch und bestand
darauf, daß sie zuerst ein Glas Champagner mit ihm
trank. Vier Kelchgläser auf hohen, rosagetönten
Stielen umstanden auf einem Silbertablett die
Champagnerflasche. Genau in diesem Moment erschien Colin durch die Schlafzimmertür am anderen
Ende der Galerie und kam auf sie zu. Sie standen an
der Tischecke und verfolgten sein Näherkommen.

Colin war wie neugeboren. Er hatte die Haare
gewaschen und sich rasiert. Seine Kleider waren
gereinigt und gebügelt. Seinem makellos weißen
Hemd war besondere Pflege zuteil geworden, und
es saß wie nie zuvor. Seine schwarzen Jeans klebten
an seinen Schenkeln wie ein Trikot. Er kam langsam
auf sie zu, verlegen lächelnd, sich ihrer Aufmerksamkeit bewußt. Seine Locken waren dunkel und
glänzten unter den Kronleuchtern.

»Gut sehen Sie aus«, sagte Robert, als Colin noch
einige Schritte entfernt war und setzte freimütig
hinzu: »Wie ein Engel.«

Mary grinste. Aus der Küche kam Tellerklap-
pern. Sie wiederholte sanft Roberts Satz, betonte

jedes einzelne Wort. »Gut siehst du aus«, und nahm seine Hand. Colin lachte.

Robert ließ den Korken kommen, und als der weiße Schaum aus dem engen Flaschenhals schoß, drehte er den Kopf zur Seite und rief scharf Carolines Namen. Sie erschien sofort in einer der weißen Türen und nahm ihren Platz an Roberts Seite ein, den Gästen gegenüber. Als sie die Gläser hoben, sagte sie ruhig: »Auf Colin und Mary«, leerte ihr Glas mit raschen Schlucken und kehrte in die Küche zurück.

Mary entschuldigte sich, und sowie sich die Türen an jedem Ende der Galerie geschlossen hatten, füllte Robert Colins Glas nach und steuerte ihn behutsam am Ellbogen um die Möbel herum, dorthin, wo sie die Länge der Galerie unbehindert abschreiten konnten. Ohne Colins Ellbogen ganz loszulassen, erklärte Robert verschiedene Besonderheiten der Sachen seines Vaters und Großvaters; ein berühmter Kunstschreiner hatte diesen unbezahlbaren Ecktisch mit den einzigartigen Intarsien – sie waren davor stehengeblieben, und Robert strich mit der Hand über die Platte – für seinen Großvater angefertigt, als Gegenleistung für eine Rechtshilfe, die den Ruf der Tochter des Handwerkers gerettet hatte; wie die düsteren Gemälde an der Wand – die zuerst sein Großvater gesammelt hatte – in

Verbindung standen mit bestimmten berühmten Schulen, und wie sein Vater nachgewiesen hatte, daß gewisse Pinselstriche unleugbar die eines Meisters waren, der zweifellos dem Werk eines Gehilfen die Richtung wies. Dies – Robert hatte eine kleine graue Nachbildung einer berühmten Kathedrale hochgehoben – sei aus dem Blei einer einzigartigen Mine in der Schweiz gemacht. Colin mußte das Modell mit beiden Händen halten. Roberts Großvater, so erfuhr er, hatte mehrere Anteile an der Mine besessen, die zwar bald ausgebeutet war, deren Blei aber kein anderes auf der Welt gliche. Die Statuette, aus einem der letzten aus der Mine gegrabenen Stücke gemacht, war von seinem Vater in Auftrag gegeben worden. Sie gingen weiter, Roberts Hand berührte Colins Ellbogen, ohne ihn ganz zu fassen. Das sei Großvaters Siegel, dies sein Opernglas, das auch Vater benutzte und mit dem beide Männer Premieren oder denkwürdige Aufführungen verfolgt hatten – und hier listete Robert mehrere Opern, Sopranistinnen und Tenöre auf. Colin nickte und spornte ihn zumindest anfänglich noch mit interessierten Fragen an. Doch das war unnötig. Robert führte ihn zu einem kleinen, geschnitzten Mahagonibücherschrank. Er enthalte Vaters und Großvaters Lieblingsromane. Alle diese Bücher seien Erstausgaben und trügen den Stempel eines berühmten Buchhändlers. Ob Colin das Geschäft kenne? Colin sagte, er habe davon gehört. Robert hatte ihn zu der Kredenz an der Wand zwischen zwei Fenstern gebracht. Robert stellte sein Glas ab und ließ die Hände neben sich fallen. Er verharrte schweigend, den Kopf wie im Gebet gesenkt. Colin stand respektvoll einige Schritt entfernt und betrachtete die Gegenstände, die ihn an so ein Kindergeburtstagsspiel wie »Kofferpacken« erinnerten.

Robert räusperte sich und sagte: »Diese Dinge benutzte mein Vater täglich.« Er machte eine Pause; Colin beobachtete ihn gespannt. »Kleinigkeiten.« Erneutes Schweigen: Colin fuhr sich mit den Fingern durchs Haar, und Robert starrte gebannt auf die Bürsten, Pfeifen und Rasiermesser.

Als sie schließlich weitergingen, sagte Colin leichthin: »Ihr Vater ist sehr wichtig für Sie.« Sie langten wieder beim Eßtisch an, bei der Champagnerflasche, die Robert in ihre Gläser leerte. Dann bugsierte er Colin in einen der Lederarmsessel, blieb selbst aber so stehen, daß Colin unangenehm ins Licht des Kronleuchters blinzeln mußte, um Roberts Gesicht zu sehen.

Robert schlug den Ton von jemand an, der einem Kind das Offensichtliche erklärt. »Mein Vater und sein Vater hatten ein klares Selbstverständnis. Sie waren Männer, und sie waren stolz auf ihr Geschlecht. Auch von den Frauen wurden sie verstanden.« Robert leerte sein Glas und setzte hinzu: »Es gab kein Durcheinander.«

»Die Frauen taten, was man ihnen sagte«, meinte Colin und zwinkerte ins Licht.

Robert machte eine kleine Handbewegung zu Colin. »Jetzt zweifeln die Männer an sich selbst, sie hassen sich selbst, sogar noch mehr, als sie sich gegenseitig hassen. Die Frauen behandeln die Männer wie Kinder, weil sie sie nicht mehr ernstnehmen können.« Robert setzte sich auf die Sessellehne und legte Colin die Hand auf die Schulter. Seine Stimme senkte sich. »Aber sie lieben Männer. Egal was immer sie angeblich zu glauben behaupten, die Frauen lieben Aggression und Stärke und Macht an den Männern. Das liegt tief in ihrem Innern. Denken Sie nur an all die Frauen, die ein erfolgreicher Mann an sich zieht. Wäre es nicht so, wie ich sage, dann würden die Frauen bei jedem Krieg protestieren. Statt dessen schicken sie ihre Männer gern in den Kampf. Die Pazifisten, die Verweigerer, sind meistens Männer. Und obwohl sie sich dafür hassen, die Frauen sehnen sich nach der Herrschaft der Männer. Das liegt tief in ihrem Innern. Sie belügen sich selbst. Sie reden von Freiheit und träumen von Knechtschaft.« Robert massierte beim Reden sanft Colins Schulter, Colin schlürfte seinen Champagner und starrte vor sich hin. Roberts Stimme hatte jetzt etwas Vortragendes, wie wenn ein Kind das

Einmaleins hersagt. »Die Welt formt das Denken der Menschen. Die Männer haben die Welt geformt. Also wird das Denken der Frauen von den Männern geformt. Von frühester Kindheit an ist die Welt, die sie sehen, von Männern gemacht. Jetzt belügen sich die Frauen, und überall herrscht Durcheinander und Unglück. Zur Zeit meines Großvaters war es nicht so. Diese wenigen Dinge von ihm erinnern mich daran.«

Colin räusperte sich. »Zur Zeit Ihres Großvaters gab es die Suffragetten. Und ich begreife nicht, was Sie beunruhigt. Die Männer regieren die Welt noch immer.«

Robert lachte nachsichtig. »Aber schlecht. Sie glauben nicht an sich selbst als Männer.«

Der Geruch von Knoblauch und gebratenem Fleisch erfüllte den Raum. Colins Bauch gab ein anhaltendes und fernes Geräusch von sich, wie eine Stimme am Telefon. Er schob sich langsam vorwärts, rutschte unter Roberts Hand weg. »Also«, sagte er, als er aufstand, »dies ist ein der guten, alten Zeit gewidmetes Museum.« Seine Stimme klang umgänglich, doch forciert.

Auch Robert erhob sich. Die geometrischen Falten seines Gesichts hatten sich vertieft, und sein Lächeln war glasig, starr. Colin hatte sich kurz umgedreht, um sein leeres Glas auf der Sessellehne abzustellen, und als er sich aufrichtete, hieb ihm

Robert mit der Faust in den Magen, ein lockerer, leichter Schlag, der, hätte er nicht sofort alle Luft aus Colins Lungen gepreßt, spielerisch gewirkt haben könnte. Colin klappte wie ein Taschenmesser zusammen, krümmte sich auf dem Boden vor Roberts Füßen und gab kehlige Lachgeräusche von sich, während er nach Atem rang. Robert brachte die leeren Gläser zum Tisch. Als er zurückkam, half er Colin auf die Beine und veranstaltete mehrere Rumpfbeugen mit ihm. Schließlich riß Colin sich los und lief tief atmend durch den Raum. Dann zog er ein Taschentuch hervor, tupfte sich die Augen und starrte verschwommen über die Möbel hinweg auf Robert, der sich eine Zigarette anzündete und zur Küchentür ging. Ehe er dort war, drehte er sich um und zwinkerte Colin zu.

Colin saß in einer Ecke des Raumes und verfolgte, wie Mary Caroline den Tisch decken half. Mary warf ihm von Zeit zu Zeit einen besorgten Blick zu. Einmal durchquerte sie den Raum und drückte seine Hand. Robert erschien erst, als der erste Gang auf dem Tisch stand. Er hatte sich umgezogen und trug jetzt einen eierschalenfarbenen Anzug und eine schmale, schwarze Seidenkrawatte. Sie aßen klare Brühe, Steak, grünen Salat und Brot. Es gab zwei Flaschen Rotwein. Sie saßen an einem Ende des Eßtisches, dicht beisammen, Caroline und Colin auf der einen Seite, Robert und Mary auf der anderen. Roberts Fragen beantwortend, erzählte Mary von ihren Kindern. Ihre zehnjährige Tochter war endlich in das Rugby-Team der Schule gewählt worden, und bei ihren ersten beiden Spielen hatten die Jungens sie so hart attackiert, daß sie eine Woche das Bett hatte hüten müssen. Für das nächste Spiel schnitt sie sich dann die Haare ab, um der Verfolgung zu entgehen, und hatte sogar ein Tor gemacht. Ihr zweieinhalb Jahre jüngerer Sohn konnte in weniger als neunzig Sekunden um die Aschenbahn laufen. Als sie das alles zu Ende berichtet hatte, nickte Robert sichtlich gelangweilt vor sich hin und widmete sich wieder dem Essen.

Mitten während der Mahlzeit entstand ein längeres Schweigen, das nur von den Geräuschen der Bestecke auf den Tellern unterbrochen wurde. Dann stellte Caroline eine nervöse, komplizierte Frage über die Schule der Kinder, was Mary dazu nötigte, ausführlich über ein kürzlich erlassenes Gesetz und den Zusammenbruch einer Reformbewegung zu sprechen. Als sie Colin um Bestätigung bat, antwortete er so kurz wie möglich; und als Robert sich über den Tisch beugte, Colins Arm berührte und auf sein fast leeres Glas deutete, sah er über Carolines Kopf weg zu einem Bücherregal, auf dem sich Zeitungen und Illustrierte stapelten. Mary brach plötzlich ab und entschuldigte sich für ihr vieles Gerede, doch in ihrer Stimme lag Gereiztheit. Robert lächelte ihr zu und faßte ihre Hand. Gleichzeitig schickte er Caroline in die Küche zum Kaffeekochen.

Noch immer Marys Hand haltend, dehnte er sein Lächeln auf Colin aus, um ihn miteinzubeziehen. »Heute abend fängt ein neuer Geschäftsführer in meiner Bar an.« Er erhob sein Glas. »Auf meinen neuen Geschäftsführer.«

»Auf Ihren neuen Geschäftsführer«, sagte Mary. »Was ist aus dem alten geworden?«

Colin hatte sein Glas vom Tisch genommen, es aber nicht erhoben. Robert betrachtete ihn gespannt, und als Colin schließlich trank, sagte Robert, so als bringe er einem Einfaltspinsel gutes Benehmen bei: »Auf Roberts neuen Geschäftsführer.« Er füllte Colins Glas und wandte sich an Mary. »Der alte Geschäftsführer war alt, und jetzt hat er Schwierigkeiten mit der Polizei. Der neue Geschäftsführer...«, Robert spitzte die Lippen und machte mit einem schnellen Seitenblick auf Colin aus Zeigefinger und Daumen einen strammen kleinen Kreis, »...der kann mit Schwierigkeiten umgehen. Er weiß, wann er handeln muß. Er läßt sich nicht von den Leuten übervorteilen.« Colin hielt Roberts Starren einen Moment lang stand.

»Klingt so, als wäre der Mann genau richtig für Sie«, sagte Mary höflich.

Robert nickte und lächelte sie triumphierend an. »*Gold*richtig«, sagte er und ließ ihre Hand los.

Als Caroline mit dem Kaffee kam, fand sie Colin auf einer Chaiselongue ausgestreckt und Robert und Mary am Tisch, wo sie sich leise unterhielten. Sie brachte Colin seine Tasse und ließ sich neben ihm nieder, dabei zuckte sie zusammen und hielt sich an seinem Knie fest. Mit einem raschen Blick über die Schulter zu Robert begann sie Colin nach seiner Arbeit und seinem familiären Hintergrund zu fragen, doch die Weise, in der ihr Blick, während er sprach, über sein Gesicht wanderte, und ihre prompten neuen Fragen machten deutlich, daß sie ihm nicht ganz zuhörte. Sie schien gieriger auf die Tatsache des Gesprächs zu sein als auf dessen Inhalt; sie neigte den Kopf zu ihm, als bade sie ihr Gesicht im Fluß seiner Rede. Trotzdem, oder vielleicht deswegen, erzählte Colin ungeniert zuerst von seiner schiefgegangenen Sängerlaufbahn, dann von seinem ersten Job beim Theater, dann von seiner Familie. »Dann starb mein Vater«, schloß er, »und meine Mutter verheiratete sich wieder.«

Caroline formulierte eine weitere Frage, doch diesmal zögernd. Hinter ihr am Tisch gähnte Mary und erhob sich. »Kommen Sie...« Caroline brach ab und begann wieder. »Sie fahren vermutlich bald nach Haus?«

»Nächste Woche.«

»Kommen Sie wieder.« Sie berührte ihn am Arm. »Versprechen Sie mir, daß Sie wiederkommen.«

Colin war höflich und unbestimmt. »Ja natürlich.«

Doch Caroline war beharrlich: »Nein, ich meine das wirklich so, es ist sehr wichtig.« Mary kam auf sie zu, und auch Robert erhob sich. Caroline senkte die Stimme: »Ich kann keine Treppen hinuntergehen.«

Mary stand vor ihnen, doch als sie Caroline flüstern hörte, ging sie weiter zu dem Bücherregal und nahm eine Illustrierte heraus. »Wir sollten jetzt vielleicht gehen«, rief sie.

Colin nickte dankbar und wollte schon aufstehen, da faßte Caroline seinen Arm und sagte leise: »Ich komme nicht raus.«

Robert war zu Mary an das Bücherregal getreten, und sie betrachteten ein großes Foto. Sie nahm es in die Hand. Ein Mann stand auf einem Balkon und rauchte eine Zigarette.

Das Bild war grobkörnig und undeutlich, aus großer Entfernung aufgenommen und oftmals vergrößert worden. Er überließ es ihr für ein paar Sekunden, nahm es ihr dann weg und legte es ins Regal zurück.

Colin und Caroline standen auf, und Robert öffnete die Tür und machte über der Treppe Licht an. Colin und Mary dankten Robert und Caroline für ihre Gastfreundschaft. Robert instruierte Mary, wie sie zum Hotel kamen.

»Vergessen Sie nicht...« sagte Caroline zu Colin, doch die restlichen Worte wurden ihr abgeschnitten, als Robert die Tür schloß. Während sie die erste Treppe hinuntergingen, hörten sie ein scharfes Geräusch, das, wie Mary später sagte, ebensogut von einem fallengelassenen Gegenstand wie von einem Schlag ins Gesicht hätte herrühren können. Sie erreichten das Treppenende, überquerten einen kleinen Hof und traten hinaus auf eine unbeleuchtete Straße. »Also«, sagte Colin, »wo entlang?«

Sieben

Während der nächsten vier Tage verließen Colin und Mary das Hotel nur, um die belebte Hauptstraße zu überqueren und sich einen Tisch auf dem Café-Ponton zu nehmen, der schon zwei Stunden vor ihrem eigenen Balkon Sonne hatte. Sie aßen im Hotel, in dem proppenvollen Speiseraum, wo die gestärkten weißen Tischtücher und sogar das Essen gelbe und grüne Flecken bekam von den Buntglasstücken in den Fenstern. Die übrigen Gäste waren freundlich und neugierig, lehnten sich höflich zu den anderen Tischen hinüber und tauschten Erfahrungen über die weniger ins Auge springenden Kirchen, über ein Altarstück eines abseitigeren Mitglieds einer respektierten Schule, über ein nur von Einheimischen frequentiertes Restaurant.

Auf dem Rückweg vom Apartment zum Hotel hatten sie sich die ganze Strecke an der Hand gehalten; in dieser Nacht hatten sie im selben Bett geschlafen. Sie erwachten und fanden sich überrascht in den Armen des anderen wieder. Auch ihr Lieben überraschte sie, denn die große, einhüllende Lust, die scharfen, beinahe schmerzlichen Schauer waren Empfindungen, so sagten sie an diesem Abend auf dem Balkon, an die sie sich von vor sieben Jahren erinnerten, als sie sich das erstemal getroffen hatten. Wie hatten sie nur so vergeßlich sein können? In weniger als zehn Minuten war es vorbei. Sie lagen eine lange Zeit Gesicht zu Gesicht, beeindruckt und ein wenig gerührt. Sie gingen gemeinsam ins Bad. Sie standen gickernd unter der Dusche und seiften einander ein. Gründlich gesäubert und einparfümiert kehrten sie ins Bett zurück und liebten sich bis mittags. Der Hunger trieb sie nach unten in den winzigen Speiseraum, wo die ernste Konversation der anderen Gäste sie wie Schulkinder zum Kichern brachte. Sie aßen zusammen drei Hauptgänge und teilten sich drei Liter Wein. Sie hielten sich über dem Tisch bei den Händen und sprachen über Eltern und Kindheit, als wären sie sich eben erst begegnet. Die anderen Gäste warfen ihnen billigende Blicke zu. Nach dreieinhalb Stunden der Abwesenheit kehrten sie in ihr Bett zurück, das jetzt frische Laken und Kissenbezüge hatte. Während sie einander liebkosten, schliefen sie ein, und als sie am frühen Abend erwachten, wiederholten sie die kurze, verblüffende Erfahrung dieses Morgens. Sie duschten wieder zusammen, diesmal ohne Seife, und lauschten gebannt dem Mann auf der anderen Hotelseite, der ebenfalls duschte und seine Arie sang: *Mann und Weib, und*

Weib und Mann. Auf einem Tablett wurden ihnen Aperitifs aufs Zimmer gebracht; dünne Zitronenscheiben garnierten ein Silberschälchen, und in einen silbernen Tumbler war Eis geschichtet. Sie nahmen ihre Drinks mit auf den Balkon, wo sie sich auf die von Geranien gesäumte Mauer lehnten, einen Joint rauchten und den Sonnenuntergang und die Passanten beobachteten.

Damit war, bis auf geringfügige Variationen, der Ablauf für drei Tage festgelegt. Obwohl sie über das Wasser auf die große Kirche starrten und von Zeit zu Zeit den Namen eines Restaurants erwähnten, das ihnen Freunde zu Haus genannt hatten, oder in der Mittagshitze die schattige Kühle einer bestimmten Straße heraufbeschworen, die neben einem vernachlässigten Kanal herlief, unternahmen sie keinen ernsthaften Versuch, das Hotel zu verlassen. Am Nachmittag des zweiten Tages kleideten sie sich für einen Streifzug an, doch sie plumpsten aufs Bett, zerrten sich an den Kleidern und lachten über ihren hoffnungslosen Fall. Sie saßen bis spät in die Nacht auf dem Balkon, mit Weinflaschen, im Licht der Neonreklame, die die Sterne auslöschte, und sprachen wieder von der Kindheit, erinnerten sich bisweilen zum erstenmal wieder bestimmter Erlebnisse, formulierten Theorien über die Vergangenheit und über die Erinnerung selbst; jeder ließ den anderen bis zu einer Stunde lang ohne Unterbrechung reden. Sie feierten ihr gegenseitiges Verstehen und den Umstand, daß sie trotz ihrer Vertrautheit noch solche Leidenschaft wiedererwecken konnten. Sie gratulierten sich. Sie staunten über diese Leidenschaft und beschrieben sie; sie bedeutete mehr, als sie es vor sieben Jahren hätte tun können. Sie zählten ihre Freunde auf, verheiratete und unverheiratete Paare; keins schien in der Liebe so erfolgreich zu sein, wie sie es waren. Ihren Besuch bei Robert und Caroline erörterten sie nicht. Sie erwähnten ihn nur beiläufig: »Auf dem Rückweg von Roberts Wohnung dachte ich...« oder »Ich habe mir von diesem Balkon aus die Sterne angesehen...«

Ihr Gespräch kam auf Orgasmen und darauf, ob Männer und Frauen eine ähnliche oder radikal verschiedene Empfindung erlebten; radikal verschieden, stimmten sie überein, aber war dieser Unterschied kulturell bedingt? Colin sagte, er habe die Frauen lange um ihre Orgasmen beneidet, und es gebe Momente, in denen er zwischen seinen Hoden und seinem Anus eine schmerzliche Leere verspüre, die an Begierde grenze; er glaube, dies käme vielleicht der weiblichen Begierde nahe. Mary berichtete von einem Zeitungsartikel über ein Experiment, das sie beide lachhaft fanden und dessen Zweck es war, eben diese Frage zu beantworten: Fühlen Männer und Frauen dasselbe? Freiwillige beiderlei Geschlechts bekamen eine Liste mit zweihundert

Ausdrücken, Adjektive und Adverbien, vorgelegt und wurden gebeten, die zehn einzukringeln, die ihre Orgasmuserfahrung am besten beschrieben. Eine zweite Gruppe bat man, sich die Ergebnisse anzusehen und auf das Geschlecht jedes Freiwilligen zu tippen, und da sie genauso viel richtige wie falsche Identifizierungen abgaben, schloß man, daß Männer und Frauen dasselbe fühlen. Sie kamen unvermeidlich auf Sexualität und Macht zu sprechen und redeten, wie schon oft zuvor, vom Patriarchat, das, wie Mary sagte, das mächtigste durchgängige Organisationsprinzip sei, indem es Institutionen und auch das Leben des Einzelnen forme. Colin argumentierte wie immer, daß die Klassenherrschaft fundamentaler sei. Mary schüttelte den Kopf, doch sie rangen um eine gemeinsame Basis.

Sie kamen wieder auf ihre Eltern zu sprechen; darauf, welche Eigenschaften der Mütter und welche der Väter sie geerbt hatten: wie die Beziehung zwischen Mutter und Vater Einfluß ausübte auf ihr eigenes Leben, ihre eigenen Beziehungen. Das Wort »Beziehung« kam ihnen so oft über die Lippen, daß sie es leid wurden. Sie stimmten überein, daß es keinen vernünftigen Ersatz dafür gebe. Mary sprach von sich als Elternteil, Colin sprach von sich als Pseudo-Elternteil für Marys Kinder; alles an Spekulation, Ängsten und Erinnerungen wurde in den Dienst von Theorien über ihren eigenen Charakter und über den des anderen gestellt, so als müßten sie sich, angesichts ihrer Wiedergeburt durch eine unerwartete Leidenschaft, von neuem erfinden, sich selbst benennen, so wie ein neugeborenes Kind oder eine neue Person, ein plötzlicher Eindringling in einem Roman benannt wird. Sie kamen verschiedentlich auf das Thema des Alterns zurück; auf die plötzliche Entdeckung (oder war sie allmählich), daß sie nicht mehr die jüngsten Erwachsenen in ihrem Bekanntenkreis waren, daß ihre Körper schwerer waren, keine sich selbstregulierenden Mechanismen mehr, die getrost ignoriert werden konnten, sondern die vielmehr genau beobachtet und bewußt trainiert werden mußten. Sie stimmten überein, daß sie sich trotz der Verjüngung, die sie durch dieses Idyll erfuhren, nicht täuschen ließen; sie stimmten überein, daß sie älter wurden und eines Tages sterben würden, und diese reifen Überlegungen, dachten sie, verliehen jener Leidenschaft eine zusätzliche Tiefe.

Im Grunde war es Übereinstimmung, die ihnen ermöglichte, so viele Themen mit solcher Geduld durchzugehen, die sie dazu veranlaßte, sich um vier Uhr morgens immer noch mit gedämpften Stimmen auf dem Balkon zu unterhalten, zu ihren Füßen die Polyäthylentüte mit Marihuana, die Rizla-Päckchen und die leeren Weinflaschen; Übereinstimmung nicht bloß als Konsequenz ihrer beider Gemütsverfassung, sondern als rhetorische Methode, als Verfahrensweise. Die unausgesprochene Annahme in früheren Gesprächen über wichtige Dinge (und diese waren, über die Jahre, natürlich, seltener aufgetaucht) lautete, daß ein Thema am besten sondiert wurde, wenn man den entgegengesetzten Standpunkt einnahm, auch wenn er nicht ganz dem Standpunkt entsprach, den man selber vertrat; eine wohldurchdachte Meinung war weniger wichtig als die Tatsache der Opposition. Die Überlegung dabei, wenn es sich denn um eine handelte und nicht nur um eine Denkgewohnheit, war, daß Gegner, die Widerspruch fürchteten, rigoroser argumentieren würden, so wie Wissenschaftler, die ihren Kollegen Neuerungen vorschlugen. Was darauf hinauslief, zumindest bei Colin und Mary, daß Themen weniger sondiert als vielmehr verteidigend wiederholt oder in kunstvoll ausgearbeitete Belanglosigkeiten gedrängt und mit Reizbarkeit durchsetzt wurden. Jetzt streiften sie, befreit durch gegenseitigen Zuspruch, von einem Gegenstand zum nächsten wie Kinder an felsigen Gezeitentümpeln.

Doch bei aller Diskussion, dieser Analyse, die sich sogar auf die Diskussionsmittel selbst erstreckte, konnten sie nicht über die Ursache ihrer Erneuerung sprechen. Ihr Gespräch war im Kern nicht weniger feierlich als ihr Lieben, in beidem lebten sie im Augenblick. Sie klammerten sich aneinander, beim

Reden wie beim Sex. In der Dusche witzelten sie darüber, sich selbst mit Handschellen aneinanderzuschließen und den Schlüssel wegzuwerfen. Die Vorstellung rüttelte sie auf. Ohne Zeit mit Handtüchern oder Wasserabdrehen zu verschwenden, stürzten sie ins Bett zurück, um dies tiefer greifend zu überlegen. Sie gewöhnten sich an, sich beim Lieben ins Ohr zu flüstern, Geschichten, die aus dem Nirgendwo kamen, aus dem Dunkel, Geschichten, die Stöhnen und Gekicher hoffnungsloser Hingabe auslösten, die dem gebannten Zuhörer die Einwilligung in eine lebenslange Unterwerfung und Demütigung abgewannen. Mary flüsterte ihre Absicht, einen Chirurgen zu engagieren, um Colin Arme und Beine zu amputieren. Sie würde ihn in einem Zimmer ihres Hauses halten und ihn ausschließlich für Sex benutzen, manchmal an Freundinnen ausleihen. Colin erfand für Mary eine große, raffinierte Maschine aus Stahl, hellrot angestrichen und elektrisch betrieben; sie hatte Kolben und Schalter, Riemen und Skalen und summte leise, wenn sie angeschaltet wurde. Colin summte Mary ins Ohr. War Mary erst einmal festgeschnallt, angeschlossen an Schläuche, die sie fütterten und entleerten, würde die Maschine sie ficken, nicht nur Stunden oder Wochen, sondern Jahre, immer weiter, für den Rest ihres Lebens, bis zu ihrem Tod, und sogar darüber hinaus, bis Colin, oder sein Anwalt, sie abschalteten.

Später dann, wenn sie geduscht und einparfümiert waren und ihre Drinks schlürfend auf dem Balkon saßen und über die Geranientöpfe hinweg die Touristen unten auf der Straße anstarrten, wirkten ihre geflüsterten Geschichten ziemlich geschmacklos, töricht, und sie sprachen nicht wirklich darüber.

Während der warmen Nächte, in dem schmalen Einzelbett, sah ihre typische Umarmung im Schlaf so aus, daß Mary ihre Arme um Colins Hals schlang, Colin seine Arme um Marys Hüften, und ihre Beine über Kreuz lagen. Den Tag über, auch wenn sich alle Themen und alle Begierden momentan erschöpft hatten, blieben sie eng zusammen, manchmal erstickt schon von der Körperwärme des anderen, doch unfähig, sich für eine Minute zu lösen, so als ob sie befürchteten, daß Einsamkeit, private Gedanken, zerstören würden, was sie teilten.

Es war keine unbegründete Furcht. Am Morgen des vierten Tages erwachte Mary vor Colin und glitt behutsam aus dem Bett. Sie wusch und kleidete sich rasch an, und waren ihre Bewegungen auch nicht verstohlen, so waren sie doch auch nicht sorglos; als sie ihre Zimmertür öffnete, geschah dies mit einer fließenden, koordinierten Bewegung, nicht mit dem üblichen Ruck aus dem Handgelenk. Draußen war es kühler als normalerweise um zehn Uhr dreißig, und die Luft war außergewöhnlich klar; die Sonne schien die Dinge feindetailliert herauszumeißeln und mit dunkelsten Schatten abzusetzen. Mary überquerte das Pflaster zum Ponton hinüber und nahm sich in der hintersten Ecke einen Tisch, ganz dicht am Wasser und im vollen Sonnenschein. Sie fror trotzdem an den bloßen Armen, und sie schauderte ein bißchen, als sie die dunkle Brille aufsetzte und sich nach einem Ober umsah. Sie war der einzige Gast des Cafés, vielleicht der erste des Tages.

Ein Ober teilte den Perlenvorhang einer Tür jenseits des Pflasters und gab zu verstehen, daß er sie gesehen hatte. Er verschwand aus dem Blickfeld, erschien kurz darauf wieder und näherte sich ihr mit einem Tablett, auf dem ein großer, dampfender Becher stand. Als er ihn abstellte, gab er zu verstehen, daß dies auf Kosten des Hauses ging, und obwohl Mary einen Kaffee der heißen Schokolade vorgezogen hätte, nahm sie dankbar an. Der Ober lächelte und machte forsch auf dem Absatz kehrt. Mary drehte ihren Stuhl ein wenig landeinwärts, damit sie den Balkon und die mit Läden verschlossenen Fenster ihres Zimmers sehen konnte. Unweit ihrer Füße schwappte das Wasser besänftigend gegen die Gummireifen, die den Ponton vor den eisernen Lastkähnen schützten, wenn sie dort vertäut lagen. Wie durch ihre Anwesenheit hier ermutigt, hatten Gäste ein paar Tische mehr mit Beschlag belegt, und jetzt gesellte sich zu ihrem Ober ein zweiter, und beide hatten alle Hände voll zu tun.

Sie trank ihre heiße Schokolade und blickte über den Kanal zu der großen Kirche auf der andern Seite und auf die dicht darumgescharten Häuser. Ab und zu fing ein Auto am Kai die Morgensonne auf seiner Windschutzscheibe ein und signalisierte sie über das Wasser zurück. Die Entfernung war zu groß, um jemand zu erkennen. Als sie dann ihre leere Tasse auf dem Tisch abstellte, drehte sie sich um und sah Colin vollständig angezogen auf dem Balkon stehen und ihr über etwa zwanzig Meter hinweg zulächeln. Mary erwiderte sein Lächeln warmherzig, doch als Colin seinen Standort ein wenig veränderte, so als gehe er um etwas bei seinen Füßen herum, gefror ihr Lächeln, und dann verschwand es. Sie sah verwirrt zu Boden und blickte dann über die Schulter wieder aufs Wasser. Zwei Ruderboote zogen vorbei, und die Insassen riefen einander aufgeregt zu. Mary sah zum Balkon und schaffte es, wieder zu lächeln, doch Colin war bereits hineingegangen, und in den paar Sekunden, die ihr blieben, bevor er zu ihr stieß, starrte sie blindlings auf den fernen Kai, den Kopf schiefgelegt, so als ringe sie, erfolglos, mit ihrer Erinnerung. Als Colin kam, küßten sie sich, rutschten dicht zusammen und blieben zwei Stunden dort.

Der restliche Tag folgte dem Ablauf der vorange-
gangenen drei: sie verließen das Café und gingen
zurück auf ihr Zimmer, wo das Mädchen gerade mit
dem Saubermachen fertig geworden war. Sie begegneten ihr, als sie herauskam, unter einem Arm ein
Bündel schmutziger Laken und Kissenbezüge, in
der anderen Hand einen halbvollen Papierkorb mit
gebrauchten Papiertaschentüchern und Schnipseln
von Colins Zehennägeln. Um sie vorbeizulassen,
mußten sie sich an die Wand drücken, und sie
erwiderten ein wenig verschämt ihr höfliches Guten
Morgen. Sie blieben weniger als eine Stunde im Bett,
verbrachten zwei Stunden beim Lunch, gingen wieder ins Bett, diesmal um zu schlafen, liebten sich
beim Erwachen, blieben danach etwa die gleiche
Zeit liegen, duschten, zogen sich an und verbrachten den Rest des Abends, vor und nach dem Essen,
auf dem Balkon. Trotz alledem wirkte Mary be-
drückt, und Colin erwähnte dies auch mehrmals. Sie
gab zu, daß da etwas sei, doch es stecke in ihrem
Hinterkopf, knapp außer Reichweite, erklärte sie,
wie ein lebhafter Traum, der nicht wiederheraufge-
holt werden könne. Abends beschlossen sie, daß sie
an Bewegungsmangel litten, und schmiedeten Pläne, am nächsten Tag das Boot hinüber zur Lagune
zu nehmen, zu dem beliebten Streifen Land, dessen
Strände zum offenen Meer hin lagen. Dies brachte
sie dahin, ausführlich und euphorisch, denn sie

hatten eben noch einen Joint geraucht, über das Schwimmen zu reden, über ihre bevorzugten Stile, über die relativen Vorzüge von Flüssen, Seen, Swimming-pools und Meeren und darüber, worin genau die Anziehungskraft bestand, die das Wasser auf die Menschen ausübe; war es die verschüttete Erinnerung an Vorfahren aus dem Meer? Beim Reden über die Erinnerung runzelte Mary wieder die Stirn. Danach wurde die Unterhaltung planlos, und sie gingen früher als gewöhnlich zu Bett, ein wenig vor Mitternacht.

Am nächsten Morgen um halb sechs erwachte Mary mit einem Schrei, vielleicht dem letzten von mehreren, und saß aufrecht im Bett. Das erste Tageslicht drang durch die Läden, und man konnte ein oder zwei blassere Objekte erkennen. Aus dem Zimmer nebenan kam Stimmengemurmel und das Geräusch eines Lichtschalters. Mary umklammerte ihre Knie und fing an zu zittern.

Jetzt war Colin hellwach. Er streckte die Hand aus und streichelte ihr den Rücken. »Ein Alptraum?« sagte er. Mary schrak vor seiner Berührung zusammen, ihr Rücken verspannte sich. Als er sie wieder berührte, diesmal an der Schulter, wie um sie zurück und neben sich zu ziehen, riß sie sich los und verließ das Bett.

Colin setzte sich auf. Mary stand am Fußende des Betts und starrte auf eine Kuhle in Colins Kopfkissen. Schritte durchquerten das Nebenzimmer, eine Tür öffnete sich, dann erneute Schritte im Korridor, die abrupt abbrachen, wie um zu lauschen.

»Was ist los, Mary?« sagte Colin und griff nach ihrer Hand. Sie schrak zurück, doch ihr Blick haftete auf ihm, verblüfft und weit weit weg, so als sehe sie von einer Hügelkuppe aus einer Katastrophe zu. Colin war im Gegensatz zu Mary nackt, und er zitterte, als er nach seinem Hemd grapschte und aufstand. Sie sahen einander über das leere Bett an. »Du hast dich böse erschreckt«, sagte Colin und begann sich ihr zu nähern. Mary nickte und ging zur Verandatür, die auf den Balkon führte. Die Schritte draußen vor ihrem Zimmer verklangen, eine Tür schloß sich, Bettfedern knarrten und ein Lichtschalter klickte. Mary öffnete die Glastür und trat hinaus.

Colin zog sich rasch an und folgte ihr. Sie legte einen Finger auf die Lippen, als er etwas Tröstendes sagen und Fragen stellen wollte. Sie schob einen niedrigen Tisch beiseite und bedeutete Colin zu kommen und diesen Platz einzunehmen. Noch immer bei seinen Fragen, ließ sich Colin in Positur stellen. Sie drehte ihn so, daß er über den Kanal blickte, auf jenen Himmelsabschnitt, der noch immer in Nacht lag, und sie hob seine linke Hand, so daß sie auf der Balkonmauer zu liegen kam; die Rechte hob sie ihm zum Gesicht und bat ihn, sie dort zu lassen. Dann trat sie einige Schritte zurück. »Du bist sehr schön, Colin«, flüsterte sie.

Ihm schien plötzlich ein ganz simpler Gedanke durch den Kopf zu schießen, und er drehte sich abrupt um. »Du bist doch wach, oder, Mary?«

Er trat auf sie zu, und diesmal schnellte sie vor, anstatt zurückzuweichen, und schlang ihre Arme um seinen Hals und küßte sein Gesicht und seinen Kopf wiederholt verzweifelt. »Ich habe solche Angst. Ich liebe dich und habe solche Angst!« rief sie. Ihr Körper straffte sich, bis ihr die Zähne klapperten und sie nicht mehr sprechen konnte.

»Was ist los, Mary?« sagte Colin rasch und umarmte sie heftig. Sie zupfte ihn am Hemdärmel, versuchte seinen Arm nach unten zu drücken. »Du bist nicht ganz wach, stimmts? Du hast schlecht geträumt.«

»Faß mich an«, sagte Mary endlich. »Faß mich doch mal an.«

Colin machte sich von ihr los und rüttelte sie sanft an den Schultern. Seine Stimme klang heiser. »Du mußt mir sagen, was passiert ist.«

Mary wurde plötzlich ruhiger und ließ sich ins Zimmer zurückführen. Sie stand da und beobachtete Colin, während er das Bett zurechtmachte. Als sie hineinschlüpften, sagte sie: »Tut mir leid, daß ich dich erschreckt habe«, und sie küßte ihn und dirigierte seine Hand zwischen ihre Schenkel.

»Jetzt nicht«, sagte Colin. »Sag mir, was passiert ist.«

Sie nickte und legte sich hin, bettete den Kopf auf seinen Arm. »Tut mir leid«, sagte sie nach einigen Minuten wieder.

»Was ist denn passiert?« Er sagte es mit einem Gähnen, und Mary antwortete nicht gleich.

Ein Boot blubberte besänftigend über den Kanal zu den Docks. Als es vorbeigefahren war, sagte Mary: »Ich wachte auf und mir wurde etwas klar. Wäre es mir tagsüber klargeworden, hätte es mich nicht so erschreckt.«

»Ach«, sagte Colin.

Mary wartete. »Willst du denn nicht wissen, was es war?« Colin murmelte eine Zustimmung. Mary machte wieder eine Pause. »Bist du wach?«

»Ja.«

»Dieses Foto bei Robert zeigt dich.«

»Welches Foto?«

»Ich sah in Roberts Wohnung ein Foto, und es zeigte dich.«

»Mich?«

»Es muß von einem Boot aus gemacht worden sein, ein Stückchen jenseits des Cafés.«

Colins Bein zuckte unkontrolliert. »Ich erinnere mich nicht daran«, sagte er nach einer Pause.

»Du schläfst ja ein«, sagte Mary. »Versuch mal, noch einen Moment wachzubleiben.«

»Ich bin wach.«

»Als ich heute morgen unten im Café saß, habe ich dich auf dem Balkon gesehen. Ich bin nicht draufgekommen. Dann wachte ich auf und erinnerte mich. Robert zeigte mir dieses Foto. Colin? Colin?«

Er lag ganz still da, und sein Atem war kaum zu hören.

Acht

Obwohl es der heißeste Tag bislang war und der Himmel direkt über ihnen mehr schwarz als blau, war das Meer, als sie es endlich über die betriebsame Allee mit den Straßencafés und Souvenirläden erreichten, ein öliges Grau, über dessen Oberfläche eine flaue Brise schmuddelige Schaumflecken schob und zerstreute. Am Wasserrand, wo sich Miniwellen auf dem strohfarbenen Sand brachen, spielten und schrien Kinder. Weiter draußen hob ab und zu ein Schwimmer in ernster Übung Arm auf Arm, doch der Großteil der Riesenmenge, die sich nach links und rechts in den Hitzedunst erstreckte, war gekommen, um sich zu sonnen. Großfamilien umsaßen Campingtische und richteten mit leuchtendgrünen Salaten und dunklen Weinflaschen einen Imbiß her. Alleinstehende Männer und Frauen legten sich auf Handtüchern flach, ihre Körper schillernd vom Öl. Transistorradios plärrten, und hin und wieder konnte man über das Geplapper der spielenden Kinder hinweg die einfallende Stimme eines Erwachsenen hören, der einen Kindernamen rief.

Colin und Mary gingen zweihundert Meter über

den heißen, schweren Sand, vorbei an einsamen Männern mit Zigaretten und Taschenbüchern, vorbei an Liebesaffären und durch ganze Haushalte mit Großeltern und schwitzenden Babies in Kinderkarren, und suchten das richtige Plätzchen, nahe am Wasser, doch nicht zu nah an den planschenden Kindern, weg vom nächsten Kofferradio und der Familie mit den zwei Energiebündeln von Schäferhunden, nicht zu dicht bei dem eingeölten Pärchen auf dem rosa Handtuch, damit man dessen Alleinsein nicht störte, und auch nicht zu dicht an dem Abfallkübel aus Beton, über dem eine dichte Wolke blauschwarzer Fliegen tanzte. Jede mögliche Lokalität wurde zumindest in einem Punkt verworfen. Eine freie Stelle war bis auf den Unrat in der Mitte brauchbar. Fünf Minuten später kehrten sie zu ihr zurück und begannen, die leeren Flaschen und Dosen und halbaufgegessenen Brotstücke zu dem Betonabfallkübel zu tragen, doch ein Mann und sein Sohn kamen mit schwarzen, vom Wasser nach hinten angeklatschten Haaren aus dem Meer gerannt und bestanden darauf, daß ihr Picknick unangetastet blieb. Colin und Mary gingen weiter und stimmten überein – dies waren die ersten Worte, die sie wechselten, seit sie aus dem Boot gestiegen waren –, daß sie eigentlich mehr an einen Strand gedacht hatten, der soweit als möglich der Ungestörtheit ihres Hotelzimmers nahekam.

Zuletzt ließen sie sich in der Nähe von zwei Teenagern nieder, die ein kleiner Knäuel von Männern dadurch zu beeindrucken suchte, daß sie plumpe Räder schlugen und sich gegenseitig Sand in die Augen warfen. Colin und Mary breiteten ihre Handtücher nebeneinander, zogen sich bis auf die Badesachen aus und hockten sich mit dem Gesicht zum Meer hin. Ein Boot, das einen Wasserskiläufer schleppte, zog durch ihr Blickfeld und ein paar Seemöwen und ein Junge, der aus einer um den Hals gehängten Blechkiste Eis verkaufte. Zwei der jungen Männer schlugen ihrem Freund so hart auf den Arm, daß die Teenager lautstarken Protest erhoben. Sofort ließen sich alle Männer in Hufeisenform um die Mädchen aufs Gesäß fallen und stellten sich vor. Colin und Mary hielten sich mit festem Griff an den Händen und bewegten die Finger, um sich zu versichern, daß sich, trotz ihres Schweigens, jeder der Gegenwart des anderen genau bewußt war.

Beim Frühstück hatte Mary ihre Geschichte von dem Foto wiederholt. Sie tat es ohne zu spekulieren, brachte nur die Fakten in der Reihenfolge, in der sie sich ihr präsentiert hatten. Colin nickte die ganze Zeit, erwähnte, daß er sich jetzt an letzte Nacht erinnere, befragte sie über ein, zwei Details (waren Geranientöpfe auf dem Bild? – ja; wohin fielen die Schatten? – sie konnte sich nicht erinnern), erging sich aber ebensowenig in allgemeinen Bemerkungen.

Er hatte genickt und sich müde die Augen gerieben. Mary hatte ihm die Hand auf den Arm legen wollen und hatte dabei mit dem Ellbogen das Milchkännchen umgestoßen. Als sie sich oben für den Strand umzogen, hatte sie ihn aufs Bett gezerrt und stürmisch umarmt. Sie hatte sein Gesicht geküßt und seinen Kopf an ihren Brüsten gewiegt und ihm immer wieder gesagt, wie sehr sie ihn liebe, wie sehr sie seinen Körper anbete. Sie legte ihm die Hand auf den bloßen, strammen Hintern und drückte zu. Er nuckelte an ihrer Brust und versenkte seinen Zeigefinger tief in sie. Er zog die Knie an, lutschte und kuschelte sich ein, während sie vor- und zurückschaukelte und seinen Namen wiederholte; dann hatte sie halb weinend, halb lachend gesagt: »Warum macht es einem solche Angst, jemand so sehr zu lieben? Warum ist es so beängstigend?« Aber sie blieben nicht auf dem Bett. Sie erinnerten einander an ihr Versprechen, an den Strand zu gehen, und sie rissen sich los, um die Handtücher zu packen.

Colin lag auf dem Bauch, und Mary saß rittlings auf seinem Po und rieb ihm den Rücken mit Öl ein. Er hatte die Augen zu und den Kopf seitlich auf die Handflächen gebettet und erzählte Mary zum erstenmal davon, wie ihm Robert in den Magen geschlagen hatte. Er berichtete ohne Beschönigung und ohne Erwähnung seiner Gefühle damals oder jetzt; nur die Unterhaltung, soweit er sich an sie erinnern konnte, die Stellung, die jeder von ihnen innegehabt hatte, die genaue Abfolge der Ereignisse. Während er sprach, massierte ihm Mary den Rücken, von seinem Wirbelsäulenende an aufwärts bearbeitete die kleinen, festen Muskeln mit zusammenlaufenden Bewegungen ihrer Daumen, bis sie zu den unnachgiebigen Sehnen in seinem Nacken kam. »Das tut weh«, sagte Colin. Mary sagte: »Los. Erzähl zu Ende.« Er erzählte ihr jetzt, was Caroline bei ihrem Gehen geflüstert hatte. Hinter ihnen gewann das Stimmengemurmel der jungen Männer stetig an Lautstärke, bis es in allgemeines Gelächter ausbrach, nervös, doch gutmütig; dann sprachen die jungen Frauen leise und rasch miteinander, und wieder erfolgte allgemeines Gelächter, weniger nervös, mehr gebändigt. Hinter diesen Leuten hörte man das einlullende Geräusch von Wellen, die sich in beinahe regelmäßigen Abständen brachen, und das noch einschläferndere von Wellen, die unergründlich komplizierte Bewegungsvorgänge suggerierten, indem sie sich, was sie manchmal taten, rasch hintereinander brachen. Die Sonne dröhnte wie laute Musik. Colins Worte vernuschelten etwas, Marys Bewegungen waren weniger gewissenhaft, mehr rhythmisch. »Ich habe sie gehört«, sagte sie, als Colin fertig war.

»Sie ist so eine Art Gefangene«, sagte Colin, und dann bestimmter: »Sie *ist* eine Gefangene.«

»Ich weiß«, sagte Mary. Sie ließ die Hände auf einer Stelle ruhen, locker um Colins Nacken geschlungen, und beschrieb ihre Unterhaltung mit Caroline auf dem Balkon.

»Warum hast du mir das nicht eher erzählt?« sagte er am Schluß.

Mary zögerte. »Und warum hast dus *mir* nicht erzählt?« Sie kletterte von ihm herunter, und jeder setzte sich auf sein eigenes Handtuch, den Blick wieder aufs Meer gerichtet.

Nach einem anhaltenden Schweigen sagte Colin: »Vielleicht verprügelt er sie.« Mary nickte. »Und trotzdem...« Er hob eine Handvoll Sand auf und ließ ihn sich auf die Zehen rieseln. »...und trotzdem schien sie ganz...« Er ließ den Satz in der Schwebe.

»Ganz zufrieden?« sagte Mary bitter. »Alle Welt weiß, wie gern sich Frauen verprügeln lassen.«

»Sei nicht so verdammt selbstgerecht.« Colins Heftigkeit überraschte sie beide. »Was ich sagen wollte, war, daß... sie, ja, von irgend etwas erfüllt zu sein schien.«

»Aber ja doch«, sagte Mary. »Von Schmerzen.«

Colin seufzte und rollte sich auf den Bauch zurück.

Mary spitzte die Lippen und beobachtete ein paar Kinder, die im seichten Wasser spielten. »Ach, die Postkarten«, murmelte sie.

Sie blieben eine halbe Stunde so sitzen, ihrem leichten Stirnrunzeln nach zu urteilen jeder mit seiner eigenen Version eines Streits, der schwierig zu definieren gewesen wäre. Sie wurden durch das Gefühl gehemmt, daß diese vergangenen paar Tage nichts weiter gewesen waren als eine Form des Parasitismus, ein uneingestandenes Stillschweige-abkommen unter dem Deckmantel des vielen Re-dens. Sie griff in ihre Tasche und holte einen Gum-miring heraus, mit dem sie sich immer die Haare zu einem Pferdeschwanz zusammenband. Dann stand sie abrupt auf und ging zum Wasser. Als sie an der kleinen, lärmenden Gruppe vorbeikam, pfiffen ihr ein paar der Männer leise hinterher. Mary sah sich fragend um, doch die Männer lächelten einfältig und schauten weg, und einer von ihnen hustete. Colin, der seine Haltung nicht verändert hatte, beobachte-te, wie sie knöcheltief im Wasser stand, zwischen Kindern, die lachten und aufgeregt kreischten, wäh-rend sie über die Wellen flitzten. Mary ihrerseits schien eine Gruppe größerer Kinder zu beobachten, die auf den platten, schwarzen Schlauch eines Trak-torreifens hochkrabbelten und herunterpurzelten. Sie watete hinaus, bis sie auf gleicher Höhe mit ihnen war. Die Kinder riefen ihr zu, ermunterten sie fraglos, richtig ins Wasser zu gehen, und Mary nickte in ihre Richtung. Mit dem kürzestmöglichen Blick über die Schulter zu Colin stieß sie sich ab und glitt ins Wasser, in dem bequemen, langsamen Bruststil, mit dem sie zu Haus im Schwimmbad mühelos zwanzig Längen schaffte.

Colin lehnte sich auf die Ellbogen zurück, aalte sich in Wärme und relativer Einsamkeit. Einer der Männer hatte einen knallroten Strandball hervorgezaubert, und jetzt erhob sich ein Riesenspektakel darüber, welches Spiel sich am besten damit spielen ließ und über die schwierigere Frage der Mannschaften. Eins der Mädchen gesellte sich dazu. Sie stach dem größten Mann mit gespieltem Tadel den Finger in die Brust. Ihre Freundin, die dünn und groß war und ein bißchen spillerig in den Beinen, stand abseits und fummelte nervös an einer Haarsträhne, ihr Gesicht war zu einem höflichen, ergebenen Lächeln erstarrt. Sie schaute einem vierschrötigen, affenartigen Menschen ins Gesicht, der entschlossen schien, sie zu unterhalten. Zum Schluß einer seiner Geschichten langte er hoch und gab ihr einen freundschaftlichen Klaps auf die Schulter. Ein wenig später schoß er vor und kniff sie ins Bein, rannte ein paar Schritte davon, wandte sich um und forderte sie auf, ihn zu jagen. Das Mädchen stolperte wie ein neugeborenes Kälbchen ein paar ziellose Schritte vorwärts, die dann verlegen stockten. Sie fuhr sich mit den Fingern durchs Haar und wandte sich zu ihrer Freundin. Der Affe ging wieder auf sie los und klatschte ihr diesmal auf den Hintern, ein geschickter, beiläufiger Schlag, der ein überraschend lautes Geräusch erzeugte. Die übrigen, das kleinere Mädchen eingeschlossen, lachten alle, und der Affe schlug triumphierend ein schlenkerndes Rad. Noch immer tapfer lächelnd, wich ihm das spillerige Mädchen rückwärts aus. Zwei Strandschirme wurden mehrere Schritt auseinander im Sand aufgepflanzt und oben mit einer Strippe verbunden; man würde eine Partie Volleyball spielen. Der Affe, der dafür gesorgt hatte, daß das spillerige Mädchen in seiner Mannschaft war, hatte sie beiseite genommen und erklärte ihr die Regeln. Er griff sich den Ball, zeigte ihr seine geballte Faust und hieb ihn hoch in die Luft. Das Mädchen nickte und lächelte. Als sie an die Reihe kam, wollte sie nicht, doch der Affe bestand darauf, und sie tat ihm den Gefallen und schlug den Ball ein paar Schritt in die Luft. Der Affe applaudierte, während er dem Ball hinterherlief.

Colin spazierte am Wasser entlang und bückte sich, um einen ans Ufer gespülten Schaumfleck zu untersuchen. In jedem winzigen Bläschen brach sich das Licht auf der Haut zu einem Regenbogen. Der Fleck vertrocknete vor seinen Augen, jede Sekunde verschwanden Dutzende von Regenbogen, und doch keine zwei gleichzeitig. Als er aufstand, blieb nur ein unregelmäßiger Kreis aus Abschaum übrig. Mary war jetzt etwa zweihundert Meter vom Ufer entfernt, ihr Kopf ein kleiner, schwarzer Punkt vor einer flachen, grauen Weite. Um sie besser sehen zu können, beschattete Colin die Augen. Sie schwamm nicht weiter hinaus; eigentlich schien sie zum Ufer zu blicken, doch es war schwer auszumachen, ob sie auf ihn zuschwamm oder Wasser trat. Wie zur Antwort hob sie den Arm und winkte dringlich. Aber war das überhaupt ein Arm oder war es eine Welle hinter ihr? Einen Moment lang konnte er ihren Kopf nicht sehen. Er versank und tauchte wieder auf, und erneut bewegte sich über ihm etwas. Bestimmt ein Arm. Colin atmete heftig ein und winkte zurück. Er war, ohne es zu merken, mehrere Schritt weit ins Wasser gegangen. Der Kopf schien sich zu drehen, diesmal nicht unterzutauchen, sondern hin- und hergeworfen zu werden. Er rief Marys Namen, nicht lauthals, doch mit panischem Flüstern. Als er bis zur Brust im Wasser stand, sah er noch ein letztesmal zu ihr hin. Wieder verschwand ihr Kopf, und noch immer ließ sich nicht erkennen, ob sie in den Wellen versunken oder hinter ihnen verborgen war.

Er begann in ihre Richtung zu schwimmen. In besagtem Schwimmbad zu Haus führte Colin einen furiosen, schicken Kraulstil vor, der über eine Beckenlänge eine tiefe Furche ins Wasser grub, an guten Tagen auch über zwei. Auf größere Distanzen war er schwach und beklagte sich über das langweilige Hin- und Hergeschwimme. Jetzt begnügte er sich mit langen Zügen, bei denen er unter lautem Seufzen ausatmete, so als karikiere er eine Reihe trauriger Ereignisse. Nach fünfundzwanzig Metern mußte er pausieren, um Atem zu schöpfen. Er legte sich einige Sekunden auf den Rücken und trat dann Wasser. So sehr er auch die Augen zusammenkniff, Mary war nirgends zu sehen. Er schwamm wieder los, diesmal langsamer, und wechselte das Kraulen mit Seitenschwimmen ab, bei dem er leichter atmen und das Gesicht aus den Wellen halten konnte, die jetzt größer waren, sich glatt dahinwälzende Täler, deren Durchschwimmen Kräfte raubte. Bei der nächsten Pause, die er einlegte, konnte er sie eben erkennen. Er rief, doch seine Stimme war zu matt, und es schien ihn zu schwächen, soviel Luft auf einmal aus den Lungen zu pressen. Da draußen waren nur die alleroberersten paar Zentimeter Wasser warm; wenn er Wasser trat, betäubte ihm die Kälte die Beine. Als er sich zum Weiterschwimmen umdrehte, bekam er eine Welle voll ins Gesicht und schluckte eine Menge Wasser. Er bekam keinen Hustenanfall, mußte sich aber auf den Rücken legen, um sich zu erholen. O Gott, sagte oder dachte er immer wieder, o Gott! Wieder schwamm er los, machte ein paar Kraulzüge und mußte aufhören; seine Arme waren vollgesogen, zu schwer, um sie aus dem Wasser zu heben. Er schwamm jetzt die ganze Zeit auf der Seite, schob sich durchs Wasser und kam nur unmerklich voran. Als er wieder eine Pause machte, nach Luft japste und den Kopf über die Wellen reckte, war Mary zehn Meter entfernt und trat Wasser. Er konnte ihren Gesichtsausdruck nicht erkennen. Sie rief ihm etwas zu, aber das Wasser, das ihm um die Ohren schwappte, verwischte die Worte. Für diese letzten paar Meter brauchte er sehr, sehr lange. Colins Schwimmzüge waren zu seitlichen Strampelbewegungen verkommen, und als er kräftig genug war, um hochzuschauen, schien sich Mary weiter entfernt zu haben. Endlich erreichte er sie. Er streckte die Hand nach ihrer Schulter aus, und sie versank unter seinen Fingern. »Mary!« schrie Colin und schluckte noch mehr Wasser.

Mary tauchte auf und schneuzte sich durch die Finger. Ihre Augen waren rot und klein. »Ist das nicht herrlich?« rief sie. Colin japste und grapschte nach ihrer Schulter. »Obacht«, sagte sie. »Leg dich auf den Rücken, sonst ertränkst du uns alle beide.« Er versuchte zu sprechen, doch als er den Mund aufmachte, bekam er ihn voll Wasser. »Nach diesen engen Straßen ist es hier draußen einfach wundervoll«, sagte Mary.

Colin lag auf dem Rücken, die Arme und Beine gespreizt wie ein Seestern. Er hatte die Augen zu. »Ja«, sagte er schließlich mit Mühe. »Es ist fantastisch.«

Als sie zum Strand zurückkehrten, hatte er sich bereits geleert, doch das Volleyballspiel war eben erst abgebrochen worden. Das große Mädchen ging mit gesenktem Kopf allein weg. Die übrigen Spieler schauten zu, wie der Affe hinterdrein hopste und im Rückwärtsgang vor ihr her mit den Armen extravagante, beschwörende Kreise beschrieb. Mary und Colin schleppten ihre Sachen in den Schatten eines aufgegebenen Schirms und schliefen eine halbe Stunde. Als sie aufwachten, war der Strand noch leerer geworden. Die Volleyballspieler und ihr Netz waren verschwunden, und nur die großen Familiengruppen mit ihren mitgebrachten Picknicks blieben da, dösten oder murmelten an Tischen, die mit Speiseresten übersät waren. Auf Colins Vorschlag hin zogen sie sich an und gingen zu der betriebsamen Allee, um sich dort etwas zu essen und zu trinken zu besorgen. Dies eine Mal fanden sie in weniger als einer Viertelstunde ein Restaurant, das ihnen zusagte. Sie saßen auf der Terrasse, im dichten, grünen Schatten einer knorrigen Glyzinie, deren Äste sich durch meterlanges Gitterwerk wanden und hin- und herschlangen. Ihr Tisch stand abseits und war mit zwei Lagen gestärkter rosa Tischtücher gedeckt. Das Besteck war massiv und verziert und auf Hochglanz poliert. In der Mitte ihres Tisches stak in einer Minivase aus hellblauer Keramik eine rote Nelke. Die beiden Ober, die sie bedienten, waren freundlich, doch angenehm unaufdringlich, und die Kürze der Speisekarte ließ darauf schließen, daß jedes Gericht mit ganz besonderer Aufmerksamkeit zubereitet wurde. Wie sich herausstellte, war das Essen nichts Besonderes, dafür aber der Wein kühl, und sie tranken eineinhalb Flaschen davon. Sie plauderten mehr, als daß sie sich unterhielten, höflich, ungezwungen, wie alte Bekannte. Sie vermieden es, von sich oder von den Ferien zu reden. Statt dessen erwähnten sie gemeinsame Freunde und fragten sich, wie es ihnen wohl gehe, entwarfen gewisse Arrangements für die Heimreise, sprachen über Sonnenbrand und die relativen Vorzüge von Brustschwimmen und Kraulen. Colin gähnte mehrfach.

Erst als sie draußen waren und mit leichtem Unwohlsein im Schatten gingen, hinter sich die beiden Ober, die ihnen von den Terrassenstufen nachsahen, vor sich die schnurgerade Allee, die vom Strand und vom offenen Meer zur Kaianlage und zur Lagune führte, hakte Colin seinen Zeigefinger um Marys – es war zu heiß, um sich an den Händen zu halten – und erwähnte das Foto. War ihnen Robert mit seiner Kamera überall gefolgt? Folgte er ihnen auch jetzt? Mary zuckte die Achseln und blickte sich um. Auch Colin sah sich um. Überall waren Kameras, schwebten wie Aquarienfische vor einem wässerigen Hintergrund aus Gliedmaßen und

Kleidern, aber Robert war natürlich nicht da. »Vielleicht«, sagte Mary, »findet er dein Gesicht hübsch.«

Colin zuckte die Achseln, zog seine Hand zurück und betastete seine Schultern. »Ich habe zuviel Sonne abbekommen«, erklärte er.

Sie gingen zur Kaianlage. Die Menschenmengen verließen jetzt die Restaurants und Bars und strömten an den Strand zurück. Um voranzukommen, mußten Colin und Mary vom Bürgersteig herunter und auf der Straße gehen. Als sie ankamen, lag nur ein Boot am Kai, und das war gerade dabei abzulegen. Es war kleiner als die normalen Boote, die über die Lagune fuhren. Das schwarzgestrichene Steuerhaus und der Schornstein, der die Form eines zerbeulten Zylinders besaß, gaben dem Boot das Aussehen eines verwahrlosten Leichenbestatters. Colin schritt schon darauf zu, während Mary noch einen Fahrplan am Fahrkartenhäuschen studierte.

»Es fährt zuerst um die andere Seite der Insel herum«, sagte sie, als sie ihn einholte, »beim Hafen sticht es dann zu unserer Seite durch.«

In dem Moment, als sie an Bord stiegen, begab sich der Bootsführer ins Steuerhaus und der Motorton schwoll an. Die Einmannbesatzung – der übliche junge Mann mit Schnurrbart – stieß ab und knallte die Metallbarriere zu. Diesmal waren es sehr wenige Passagiere, und Colin und Mary standen einige Schritt auseinander, beiderseits des Steuerhauses, und starrten die Buglinie entlang, wie sie um ferne, hochberühmte Kirchtürme und Kuppeln herum schwang, vorüber am großen Uhrturm, bis sie auf die Friedhofsinsel zur Ruhe kam, von hier aus nichts weiter als ein diesiger Klecks, der sich am Horizont hochschob.

Als der Kurs stimmte, lief der Motor in einem angenehmen, rhythmischen Fließen zwischen zwei Tönen, die weniger als einen Halbton auseinanderlagen. Während der ganzen Fahrt – ungefähr fünfunddreißig Minuten – sprachen sie nicht miteinander, warfen sich nicht einmal einen Blick zu. Sie setzten sich auf zwei aneinanderstoßende Bänke und starrten weiterhin geradeaus. Zwischen ihnen stand die Einmannbesatzung, die in der halboffenen Tür des Steuerhauses lehnte und ab und zu ein Wort mit dem Lotsen wechselte. Mary hatte das Kinn auf den Ellbogen gelegt. Colin schloß von Zeit zu Zeit die Augen.

Als das Boot bei der Anfahrt auf den Landungssteg am Krankenhaus langsamer wurde, kam er auf Marys Seite hinüber, um die Passagiere anzuschauen, die darauf warteten, an Bord zu gehen; es war eine kleine Gruppe, meist ältere Leute, die trotz der Hitze so dicht wie möglich zusammenstanden, ohne sich dabei zu berühren. Auch Mary stand und starrte zum nächsten Anlegeplatz, der über vierhundert Meter ungekräuselten Wassers hinweg deutlich zu erkennen war. Man half den älteren Passagieren an Bord, es erfolgte ein rascher Rufwechsel zwischen dem Lotsen und der Einmannbesatzung, und das Boot fuhr weiter, parallel zu dem Bürgersteig, den sie an dem gewissen Morgen vor fünf Tagen entlanggegangen waren.

Colin stand dicht hinter Mary und sagte ihr ins Ohr: »Vielleicht sollten wir am nächsten Anlegeplatz aussteigen und zu Fuß durchgehen. Das wird schneller sein, als erst um den ganzen Hafen herumzufahren.«

Mary zuckte die Schulter und sagte: »Vielleicht.« Sie drehte sich nicht um, um ihn anzusehen. Doch als sich das Boot auf den Landungssteg der nächsten Anlegestelle zuschob und die Einmannbesatzung bereits das Tau um den Poller wickelte, drehte sie sich rasch um und küßte ihn leicht auf die Lippen. Die Metallbarriere wurde gehoben, und ein paar Passagiere gingen an Land. Es entstand eine flüchtige Pause, in der alle um sie her mitten in der Bewegung erstarrt zu sein schienen, wie Kinder, die »Ochs am Berg« spielten. Der Lotse hatte seinen Unterarm auf das Steuer gelegt und sah zu seiner Einmannbesatzung hinüber. Sie hatte das baumelnde Tauende aufgenommen und war dabei, es vom Poller zu spulen. Die neuen Passagiere hatten ihre Plätze gefunden, doch das übliche Geplauder war noch nicht im Gange. Colin und Mary gingen drei Schritte, vom abgewetzten Ölanstrich des Decks auf die rissigen, geschwärzten Bohlen des Landungsstegs, und sofort rief der Lotse seiner Einmannbesatzung scharf zu, die nickte und das Tau klarholte. Aus dem Bootsinnern, dem stickigen überdeckten Teil, ertönte plötzliches Gelächter und das Geräusch von mehreren, gleichzeitig redenden Leuten. Colin und Mary gingen langsam und schweigend den Kai entlang. Der Ausblick, der sich ihnen bot, wenn sie ab und zu einen Blick nach links warfen, wurde durch eigenartige Anordnungen von Bäumen, Häusern und Mauern verstellt, aber einmal mußte ja eine Lücke kommen, und sie merkten, daß sie beide stehengeblieben waren, um an der Ecke einer hohen Transformatorenstation vorbei, zwischen zwei Ästen einer ausgewachsenen Platane hindurch auf einen vertrauten, blumenbehängten Balkon zu starren, von wo eine kleine weißgekleidete Gestalt zuerst herüberstarrte und dann zu winken begann. Über das sanfte Pochen des davonfahrenden Bootes hinweg hörten sie Caroline ihnen zurufen. Immer noch sorgfältig den Blick des anderen meidend, gingen sie zu einer Gasse zu ihrer Linken, die sie zum Haus bringen würde. Sie hielten sich nicht an den Händen.

Neun

Ein Blick hoch ins Treppenhaus und die Silhouette eines Kopfes bestätigte, daß Robert am obersten Treppenabsatz auf sie wartete. Sie stiegen schweigend hinauf, Colin immer ein oder zwei Stufen vor Mary. Oben hörten sie Robert sich räuspern und etwas sagen. Auch Caroline wartete dort. Als sie zur letzten Treppenflucht kamen, wurde Colin langsamer, und hinter dem Rücken suchte seine Hand die Marys, doch Robert war ihnen zur Begrüßung entgegengekommen und schlang mit einem resignierten Willkommenslächeln, das sich deutlich von seiner sonst geräuschvollen Art unterschied, den Arm um Colins Schulter, so als wollte er ihm die verbleibenden Stufen hochhelfen, wobei er Mary auffällig den Rücken kehrte. Vorn stand, unbeholfen in den Wohnungseingang gestützt, Caroline in einem weißen Kleid mit viereckigen, praktischen Taschen, ihr Lächeln war ein waagrechter Strich stiller Befriedigung. Ihre Begrüßung war innig, doch maßvoll, sittsam; Colin wurde zu Caroline geschoben, die ihm die Wange hinhielt und ihn gleichzeitig einen Augenblick lang leicht bei der

Hand nahm. Die ganze Zeit behielt Robert, der einen dunklen Anzug mit Weste, ein weißes Hemd, allerdings ohne Krawatte, und schwarze Stiefel mit spitzen Absätzen trug, seine Hand auf Colins Schulter, und er gab ihn erst frei, als er sich schließlich Mary zuwandte, vor der er eine angedeutete, ironische Verbeugung machte, und ihre Hand hielt, bis sie sie ihm entzog, um ihn herumging und mit Caroline Küsse, nicht mehr als ein flüchtiges Streifen der Wangen, tauschte. Sie standen jetzt in einer dichten Traube an der Tür, doch niemand ging hinein.

»Das Boot hat uns vom Strand zu dieser Seite hier gefahren«, erklärte Mary, »und da dachten wir, wir könnten mal vorbeischauen.«

»Wir hatten Sie schon eher erwartet«, sagte Robert. Er legte seine Hand auf Marys Arm und redete mit ihr so, als seien sie allein. »Colin hat meiner Frau ein Versprechen gegeben, das er anscheinend vergessen hat. Ich habe heute morgen eine Nachricht in Ihrem Hotel hinterlassen.«

Auch Caroline wandte sich ausschließlich an Mary. »Wissen Sie, wir fahren nämlich weg. Wir wollten Sie auf keinen Fall verpassen.«

»Warum?« sagte Colin plötzlich.

Robert und Caroline lächelten, und Mary überbrückte diese kleine Taktlosigkeit und fragte höflich: »Und wohin fahren Sie?«

Caroline sah Robert an, der einen Schritt von der

Gruppe zurücktrat und die Hand auf die Mauer legte. »Oh, auf eine weite Reise. Caroline hat ihre Eltern seit vielen Jahren nicht mehr gesehen. Aber das erzählen wir Ihnen dann noch.« Er holte ein Taschentuch aus der Tasche und tupfte sich die Stirn. »Zuerst muß ich in meiner Bar noch ein kleines Geschäft abschließen.« Er sagte zu Caroline: »Geh mit Mary hinein und gib ihr eine Erfrischung. Colin wird mich begleiten.« Caroline zog sich ein paar Schritte in die Wohnung zurück und winkte Mary hinter sich her.

Mary ihrerseits wollte Colin die Strandtasche abnehmen und gerade etwas zu ihm sagen, da schob sich Robert dazwischen.

»Gehen Sie hinein«, sagte er. »Wir sind bald wieder zurück.«

Auch Colin wollte eben etwas zu Mary sagen und reckte den Kopf, um sie an Robert vorbei sehen zu können, doch die Tür schloß sich, und Robert bugsierte ihn sanft zur Treppe.

Es war üblich hier, daß Männer in der Öffentlichkeit Hand in Hand gingen oder Arm in Arm; Robert hielt Colins Hand fest, die verschränkten Finger übten einen stetigen Druck aus, so daß ein Sich-Entziehen eine eigenwillige Bewegung erfordert haben würde, vielleicht beleidigend, mit Sicherheit exzentrisch. Sie gingen erneut eine unvertraute

Route, durch Straßen, die von Touristen und Souvenirläden relativ frei waren, ein Viertel, aus dem auch Frauen ausgeschlossen worden zu sein schienen, denn überall, in den zahlreichen Bars und Straßencafés, an strategischen Straßenecken oder Kanalbrücken, in den ein oder zwei Knopfblumenstrauch-Arkaden, an denen sie vorüberkamen, gab es Männer jeden Alters, die meist hemdsärmelig und in kleinen Gruppen miteinander redeten, obwohl hier und da einzelne mit Zeitungen auf dem Schoß dösten. Kleine Jungen standen am Rand und hatten wie ihre Väter und Brüder wichtigtuerisch die Arme verschränkt.

Jeder schien Robert zu kennen, er wählte offenbar eine Route, die ein Höchstmaß an Begegnungen einschloß, führte Colin über einen Kanal zu einer raschen Unterhaltung draußen vor einer Bar und ging zurück zu einem kleinen Platz, wo eine Gruppe älterer Männer um einen stillgelegten Brunnen stand, dessen Schale von zerknautschten Zigarettenschachteln überquoll. Colin konnte den Gesprächen nicht folgen, obwohl der Klang seines eigenen Namens immer wiederzukehren schien. Im Weggehen von einer lärmenden Gruppe vor einer Knopfblumenstrauch-Arkade kniff ihn jemand derb in den Hintern, und er drehte sich wütend um. Doch Robert zog ihn weiter, und lautes Gelächter folgte ihnen bis zum Ende der Straße.

Trotz des neuen Geschäftsführers, eines breitschultrigen Mannes mit tätowierten Unterarmen, der sich bei ihrem Eintritt zu ihrer Begrüßung erhob, war Roberts Bar unverändert; das gleiche blaue Glühen der jetzt schweigenden Musikbox, die Reihe der schwarzbeinigen Barhocker mit roter Plastikbespannung, die unwandelbar statische Beschaffenheit eines künstlich beleuchteten Kellerraums, der unberührt blieb vom Wechsel von Tag und Nacht draußen. Es war noch vor vier Uhr, und es gab nur ein halbes Dutzend Gäste, die alle an der Bar standen. Neu oder vielmehr auffälliger war die Anzahl großer schwarzer Fliegen, die stumm wie Raubfische zwischen den Tischen kreuzten. Colin schüttelte dem Geschäftsführer die Hand, bat um ein Glas Mineralwasser und setzte sich an den Tisch, an dem sie früher gesessen hatten.

Robert entschuldigte sich und ging mit dem Geschäftsführer hinter die Bar, um einige Papiere durchzusehen, die auf dem Tresen ausgebreitet lagen. Die beiden Männer schienen einen Vertrag zu unterzeichnen. Ein Bargehilfe stellte eine eisgekühlte Flasche Mineralwasser, ein Glas und ein Schälchen mit Pistazien vor Colin hin. Als er sah, wie sich Robert von den Papieren aufrichtete und zu ihm herüberschaute, hob Colin bestätigend sein Glas, doch obwohl Robert ihn weiter anstarrte, veränderte sich seine Miene nicht, und mit einem gedankenverlorenen Nicken senkte er den Blick wieder auf die Dokumente vor sich. Einer nach dem anderen sahen sich jetzt auch die paar Gäste an der Bar nach Colin um und kehrten dann wieder zu ihren Drinks und ihrer ruhigen Unterhaltung zurück. Colin schlürfte seinen Sprudel, knackte die Nüsse und aß sie, steckte die Hände in die Taschen und kippte seinen Stuhl nach hinten auf zwei Beine. Als wieder ein Gast Colin über die Schulter ansah und sich dann seinem Nachbarn zuwandte, der daraufhin seine Haltung veränderte, um ihn besser sehen zu können, stand Colin auf und ging zielstrebig zur Musikbox.

Er stand mit verschränkten Armen da und starrte auf die Reihe unbekannter Namen und unverständlicher Titel, als sei er um eine Wahl verlegen. Die Trinkenden an der Bar musterten ihn jetzt mit unverhohlener Neugier. Er warf eine Münze in den Automaten. Die Anordnung beleuchteter Zeichen veränderte sich drastisch, und ein rotes Lichtquadrat begann zu pulsieren, ihn zur Wahl zu drängen. Hinter ihm an der Bar machte jemand laut eine kurze Bemerkung, die leicht der Titel eines Liedes hätte sein können. Colin suchte die Reihen der maschinegeschriebenen Schildchen durch, überflog den Titel einer Platte, zu dem er sofort zurückkehrte und der ihm als einziger von den Namen etwas sagte – »Ha ha ha« –, und bereits als er die Zahlen einhämmerte und der große Apparat unter seinen

Fingern vibrierte, wußte er, es war das männliche, sentimentale Lied, das sie letztesmal gehört hatten. Als Colin zu seinem Stuhl zurückging, hob Roberts Geschäftsführer den Kopf und lächelte. Die Gäste riefen nach größerer Lautstärke, und als der erste ohrenbetäubende Refrain durch den Raum donnerte, bestellte ein Mann, der im Takt mit dem strengen, beinahe militärischen Rhythmus auf die Theke hieb, eine neue Runde Getränke.

Robert kam, setzte sich neben Colin und studierte seine Dokumente, während die Platte ihren Höhepunkt erreichte. Als sich die Maschine abschaltete, lächelte er breit und deutete auf die leere Flasche Mineralwasser. Colin schüttelte den Kopf. Robert offerierte eine Zigarette, runzelte über Colins entschiedene Ablehnung die Stirn, zündete sich selber eine an und sagte: »Haben Sie verstanden, was ich den Leuten auf dem Weg hierher erzählt habe?« Colin schüttelte den Kopf. »Nicht ein Wort?«

»Nein.«

Wieder lächelte Robert aus schlichtem Vergnügen. »Jedem, dem wir begegneten, habe ich erzählt, daß Sie mein Liebhaber sind, daß Caroline wahnsinnig eifersüchtig ist und daß wir hierher gehen, um zu trinken und sie zu vergessen.«

Colin stopfte sich das Hemd in die Jeans. Er fuhr sich mit den Fingern durchs Haar und schaute blinzelnd auf. »Warum?«

Robert lachte und ahmte akkurat Colins geflissentliches Zögern nach. »Warum? Warum?« Dann beugte er sich vor und berührte Colins Unterarm. »Wir wußten, Sie würden zurückkommen. Wir haben gewartet, vorbereitet. Wir dachten, Sie würden früher kommen.«

»Vorbereitet?« sagte Colin und zog seinen Arm weg. Robert faltete die Papiere in seine Tasche und musterte ihn mit besitzerhafter Zärtlichkeit.

Colin wollte etwas sagen, zögerte und sagte dann rasch: »Warum haben Sie dieses Bild von mir gemacht?«

Robert lächelte erneut übers ganze Gesicht. Er lehnte sich zurück, schlang einen Arm um die Rücklehne seines Stuhls und strahlte vor Selbstzufriedenheit. »Ich dachte, ich hätte ihr nicht genug Zeit gelassen. Mary ist sehr fix.«

»Was soll das?« beharrte Colin, doch ein Neuankömmling in der Bar war an die Musikbox getreten, und »Ha ha ha« begann aufs neue und mit noch größerer Lautstärke. Colin verschränkte die Arme, und Robert erhob sich, um eine Gruppe von Freunden zu begrüßen, die an ihrem Tisch vorbeikamen.

Auf dem Heimweg, der diesmal durch die weniger belebte, abfallende Straße ging, die sie für einen Teil der Strecke dem Meer entlang führte, bestürmte Colin Robert wieder wegen des Fotos und was er mit Vorbereitungen gemeint hätte, aber Robert war voll heiterer Ausflüchte und wies zur Antwort auf den Frisör hin, zu dem sein Großvater, sein Vater und er selber gingen, erklärte mit einer Eindringlichkeit und Langatmigkeit, die parodistisch gewesen sein könnte, wie die Umweltverschmutzung der Stadt den Lebensunterhalt der Fischer beeinträchtige und sie zwinge, als Ober in Stellung zu gehen. Gelinde erzürnt blieb Colin plötzlich stehen, doch Robert, der zwar seinen energischen Schritt verlangsamte und sich überrascht umwandte, schlenderte weiter, so als sei es eine Frage des Stolzes für ihn, nicht ebenfalls stehenzubleiben.

Colin war dicht bei der Stelle, wo er mit Mary auf Packkisten gesessen und die frühe Morgensonne betrachtet hatte. Jetzt, am Spätnachmittag, hatte der östliche Himmel, obwohl die Sonne noch hoch am Himmel stand, sein kräftiges Purpur verloren, verblaßte stufenweise von Kinderzimmerblau zur Farbe verdünnter Milch und bewirkte so über der präzisen Horizontlinie die zartesten Übergänge zum blassen Grau der See. Die Friedhofsinsel, ihre niedrige Steinmauer, die dicht gedrängten Grabsteine, wurden von der Sonne in seinem Rücken deutlich herausgehoben. Colin blickte über die linke Schulter den Kai entlang. Robert war fünfzig Meter entfernt und ging ohne Eile auf ihn zu. Colin wandte sich nach hinten um. Eine schmale Geschäftsstraße, kaum mehr als eine Gasse, unterbrach die Reihe verwitterter Häuser. Sie wand sich dahin unter Ladenmarkisen und Wäschestücken, die wie Flaggentücher von winzigen schmiedeeisernen Balkonen hingen, und verschwand verführerisch im Schatten. Sie wollte erforscht sein, aber allein erforscht, ohne Rücksprache mit oder Verpflichtungen gegenüber einem Begleiter. Jetzt dort hinunter zu gehen, als sei man völlig frei, unbelastet von mühsamen Psychospielen, in Muße offen und aufmerksam für die Wahrnehmung sein zu können, für die Welt, deren atemberaubendes, unablässiges Anbranden gegen die Sinne so leicht und gewohnheitsmäßig ignoriert wurde, übertönt zugunsten ungeprüfter Ideale von persönlicher Verantwortung, Tüchtigkeit und Staatsbürgerschaft, jetzt hier hinunterzugehen, einfach davonzulaufen, im Schatten zu verschmelzen, das wäre so leicht.

Robert räusperte sich leise. Er stand ein paar Schritte links von Colin. Colin wandte sich wieder zum Meer zurück und sagte leichthin, umgänglich: »Gelungene Ferien erkennt man daran, daß man wieder nach Haus möchte.«

Es dauerte eine volle Minute, ehe Robert etwas sagte, und als er es tat, schwang in seiner Stimme eine Spur Bedauern. »Es ist Zeit zu gehen«, sagte er.

Als Mary eintrat und Caroline die Tür fest hinter ihr zu machte, schien sich die Größe der Galerie verdoppelt zu haben. Es waren praktisch alle Möbel und Bilder, Teppiche, Kronleuchter und Wandbehänge verschwunden. Wo der große, polierte Tisch gestanden hatte, waren jetzt drei Kisten, die eine dicke Sperrholzplatte trugen, auf der verstreute Speisereste lagen. Um diesen provisorischen Tisch standen vier Stühle. Der Fußboden war eine offene Marmorebene, und als Mary ein paar Schritte in den Raum ging, klappten und hallten ihre Sandalen laut nach. An Erwähnenswertem war da sonst nur noch Roberts Kredenz, sein Schrein. Hinter Mary, direkt in der Tür, standen zwei Koffer. Der Balkon quoll noch immer von Pflanzen über, doch Möbel gab es auch dort nicht mehr.

Caroline, die noch immer bei der Tür stand, strich sich mit den Handflächen das Kleid glatt. »Normalerweise ziehe ich mich nicht wie eine Stationsschwester an«, sagte sie, »aber wenn soviel zu tun ist, fühle ich mich in Weiß einfach tüchtiger.«

Mary lächelte. »Ich bin in jeder Farbe untüchtig.«

Anderswo wäre Caroline vielleicht schwer wiederzuerkennen gewesen. Die vorher so straff zurückgekämmten Haare waren etwas derangiert; lose Strähnen machten ihr Gesicht weicher, das in den dazwischenliegenden Tagen seine Anonymität verloren hatte. Besonders die früher so dünnen und blutleeren Lippen waren voll, beinahe sinnlich. Die lange Gerade ihrer Nase, die davor nur wie die eben noch akzeptable Minimallösung eines Konstruktionsproblems gewirkt hatte, verriet jetzt Würde. Die Augen hatten ihren harten, besessenen Glanz verloren und wirkten mitteilsamer, verständnisvoller. Nur ihre Haut blieb unverändert, farblos, nicht einmal blaß, ein tonloses Grau.

»Sie sehen gut aus«, sagte Mary.

Caroline löste sich mit dem gleichen, qualvollen, unbeholfenen Gang von der Tür und nahm Marys Hände in ihre. »Ich bin froh, daß Sie gekommen sind«, sagte sie mit eindringlicher Gastlichkeit und drückte bei »froh« und »gekommen« fest zu. »Wir wußten, Colin würde sein Versprechen halten.«

Sie wollte die Hände wegziehen, doch Mary hielt sie fest. »So richtig geplant war unser Besuch nicht, aber so ganz zufällig nun auch wieder nicht. Ich wollte mit Ihnen reden.« Caroline wahrte ihr Lächeln, doch ihre Hände wogen schwer in Marys, die noch immer nicht loslassen wollte. Sie nickte bei Marys Worten und blickte zu Boden. »Ich habe über Sie nachgedacht. Ich möchte Sie einiges fragen.«

»Na schön«, sagte Caroline nach einer Weile, »gehen wir in die Küche. Ich koche uns einen Kräutertee.« Sie machte ihre Hände los, diesmal mit einem entschiedenen Ruck, mimte wieder die eifrige Art der seriösen Gastgeberin und strahlte Mary an, ehe sie sich brüsk umdrehte und davonhinkte.

Die Küche befand sich am selben Ende der Galerie wie die Wohnungstür. Sie war klein, aber blitzblank, mit vielen Schränken und Schubladen und weißen Plastikflächen. Das Licht kam von einer Neonröhre, und an Lebensmitteln war nichts zu sehen. Aus einem Schrank unter dem Ausguß brachte Caroline einen Stahlrohrhocker zum Vorschein und gab ihn Mary zum Sitzen. Der Kocher stand auf einem abgewetzten Klapptisch und gehörte zu der Sorte, die man in Wohnwagen findet, zweiflammig, ohne Backofen und mit einem Stück Gummischlauch, der zu einer Gasflasche auf dem Fußboden führte. Caroline setzte Wasser auf und griff unter großer Mühe und schroffer Ablehnung eines Hilfsangebots in einen Schrank hoch, um eine Teekanne zu holen. Sie stand einen Moment still, eine Hand auf den Eisschrank, die andere auf ihre Hüfte gelegt, und schien auf das Abklingen eines Schmerzanfalls zu warten. Direkt hinter ihr war noch eine Tür, leicht angelehnt, durch die Mary die Ecke eines Betts sehen konnte.

Als Caroline sich erholt hatte und aus einem Glas kleine getrocknete Blumen in die Teekanne löffelte, sagte Mary leichthin: »Was ist mit Ihrem Rücken los?«

Noch einmal blitzte das prompte Lächeln auf, kaum mehr als ein Zähneblecken und ein rasches Vorschnellen der Kinnlade, ein Lächeln, so wie man es Spiegeln schenkt, und hier in diesem beengten, hellen Raum wirkte es noch befremdlicher. »Das habe ich jetzt schon lange«, sagte sie und hantierte mit Tassen und Untertellern. Sie begann Mary von ihren Reiseplänen zu erzählen; sie und Robert würden nach Kanada fliegen und dort drei Monate bei ihren Eltern bleiben. Wenn sie zurück seien, würden sie ein anderes Haus kaufen, eine Parterrewohnung, vielleicht, eines ohne Treppen jedenfalls. Sie hatte zwei Tassen eingeschenkt und schnitt eine Zitrone in Scheiben.

Mary gab zu, daß die Reise spannend und der Plan vernünftig klänge. »Und Ihre Schmerzen?« sagte sie. »Ist es die Wirbelsäule oder die Hüfte? Waren Sie deswegen mal beim Arzt?« Caroline hatte Mary den Rücken zugedreht und tat die Zitronenscheiben in den Tee. Als ein Teelöffel klimperte, setzte Mary hinzu: »Für mich keinen Zucker.«

Caroline wandte sich um und reichte ihr ihre Tasse. »Ich hab nur die Zitrone reingerührt«, sagte sie, »damit man sie auch schmeckt.« Sie trugen ihre Tassen aus der Küche. »Ich werde Ihnen von meinem Rücken erzählen«, sagte Caroline, als sie zum Balkon vorausging, »wenn Sie mir gesagt haben, wie gut Ihnen dieser Tee schmeckt. Orangenblüten.«

Mary stellte ihre Tasse auf die Balkonmauer und holte von drinnen zwei Stühle. Sie saßen genauso wie früher, nur unbequemer und ohne einen Tisch zwischen sich, mit Aussicht auf das Meer und die nahe Insel. Weil diese Stühle höher waren, hatte Mary einen Blick auf jenen Teil des Kais, von dem aus sie und Colin Caroline entdeckt hatten, die jetzt ihre Tasse hob, so als wolle sie einen Toast ausbringen. Mary schluckte den Tee, und obwohl ihr seine Herbheit den Mund zusammenzog, sagte sie, er schmecke erfrischend. Sie tranken schweigend, Mary musterte Caroline stetig, erwartungsvoll, und Caroline blickte hin und wieder von ihrem Schoß auf, um Mary nervös zuzulächeln. Als beide Tassen leer waren, begann Caroline abrupt.

»Robert sagte mir, daß er Ihnen von seiner Kindheit erzählt hat. Er übertreibt eine Menge und macht aus seiner Vergangenheit Geschichten, die er in der Bar erzählt, aber verquer war sie trotzdem. Ich hatte eine glückliche Kindheit und eine langweilige. Ich war ein Einzelkind, und mein Vater, der sehr nett war, liebte mich über alles, und ich gehorchte ihm aufs Wort. Ich stand meiner Mutter sehr nah, wir waren fast wie Schwestern, und wir strengten uns gemeinsam an, Dad zu umsorgen, ›dem Botschafter den Rücken stärken‹, nannte das meine Mutter immer. Ich war zwanzig, als ich Robert heiratete, und ich hatte keine Ahnung von Sex. Soweit ich mich erinnere, hatte ich bis zu diesem Zeitpunkt sexuelle Gefühle überhaupt nicht gekannt. Robert war ein bißchen herumgekommen, und nach einem schlechten Start bekam ich allmählich Spaß daran. Alles war bestens. Ich wollte schwanger werden. Robert wollte unbedingt Vater sein, unbedingt Söhne haben, aber es wurde nichts draus. Lange Zeit dachten die Ärzte, es läge an mir, doch schließlich stellte sich heraus, daß es an Robert lag, irgendwas mit seinem Sperma stimmte nicht. Das ist ein wunder Punkt von ihm. Die Ärzte sagten, wir sollten es ruhig weiter versuchen. Aber dann begann etwas zu geschehen. Sie sind der erste Mensch, dem ich das erzähle. Ich weiß jetzt nicht einmal mehr, wann es zum ersten Mal passierte oder was wir uns damals dabei dachten. Wir müssen wohl davon gesprochen haben, aber vielleicht auch nicht. Ich erinnere mich nicht mehr. Robert fing an, mir wehzutun, wenn wir uns liebten. Nicht sehr, doch genug, daß ich laut schrie. Ich glaube, ich habe mich tüchtig gewehrt. Eines Nachts wurde ich wirklich wütend auf ihn, doch er machte einfach weiter, und ich mußte zugeben, obwohl das lange Zeit dauerte, daß es mir gefiel. Sie werden vielleicht Mühe haben, das zu verstehen. Es ist nicht der Schmerz an sich, es ist die Tatsache des Schmerzes, daß man hilflos vor ihm ist und von ihm zu einem Nichts gemacht wird. Es ist der Schmerz in einem speziellen Zusammenhang, bestraft zu werden und deshalb schuldig zu sein. Uns beiden gefiel, was passierte. Ich schämte mich vor mir selber, und noch ehe ich es begriff, wurde auch mein Schämen eine Quelle der Lust. Es war, als entdeckte ich etwas, das mein ganzes Leben lang in mir gewesen war. Ich wollte es immer mehr. Ich brauchte es. Robert fing an, mir wirklich wehzutun. Er nahm eine Peitsche. Er schlug mich mit den Fäusten, während er mich liebte. Ich war entsetzt, aber das Entsetzen und die Lust waren eins. Anstatt mir Liebesworte ins Ohr zu sagen, flüsterte er puren Haß, und obwohl mir schlecht vor Erniedrigung war, erregte es mich bis an den Rand der Besinnungslosigkeit. Ich zweifelte nicht an Roberts Haß. Das war kein Theater. Er nahm mich aus tiefer Abscheu heraus, und ich konnte nicht widerstehen. Es machte mir Spaß, bestraft zu werden.

So ging es eine ganze Weile weiter. Mein Körper war mit blauen Flecken, Schnitten und Striemen übersät. Drei Rippen waren angeknackst. Robert schlug mir einen Zahn aus. Ich hatte einen gebrochenen Finger. Ich traute mich nicht, meine Eltern zu besuchen, und gleich als Roberts Großvater starb, zogen wir hierher. Für Roberts Freunde war ich nur eine geschlagene Ehefrau unter vielen, und genau das war ich auch. Niemand nahm davon Notiz. Robert verlieh es in den Lokalen, in denen er trinken ging, einen gewissen Status. Wenn ich lange genug allein war, oder mit gewöhnlichen Leuten ausging, die gewöhnliche Dinge taten, entsetzten mich der Wahnsinn von dem, was wir da taten, und meine eigene Ergebung in ihn. Ich sagte mir dauernd, daß ich loskommen mußte. Und dann, sobald wir wieder zusammen waren, wurde das, was wahnsinnig geschienen hatte, erneut unvermeidlich, sogar logisch. Keiner von uns konnte dem widerstehen. Sehr oft ging die Initiative von mir aus, und das machte nie Schwierigkeiten. Robert sehnte sich danach, meinen Körper zu Brei zu schlagen. Wir hatten den Punkt erreicht, auf den wir die ganze Zeit zugesteuert waren. Robert gestand mir eines Nachts, daß er eigentlich nur eines wirklich wollte. Er wollte mich töten, während wir uns liebten. Er meinte es absolut ernst. Ich entsinne mich, daß wir am nächsten Tag in ein Restaurant gingen und versuchten, es als einen Witz abzutun. Doch der Gedanke kehrte immer wieder. Und weil diese Möglichkeit über uns schwebte, liebten wir uns wie nie zuvor.

Eines Nachts kam Robert von einem abendlichen Gelage nach Haus, als ich gerade beim Einschlafen war. Er kam ins Bett und nahm mich von hinten. Er sagte, er werde mich jetzt töten, aber das hatte er schon oft gesagt. Sein Unterarm lag um meinen Hals, und dann begann er mir ins Kreuz zu drücken. Gleichzeitig riß er mir den Kopf nach hinten. Mir wurde schwarz vor Augen von dem Schmerz, aber ich erinnere mich, wie ich noch vor dem Bewußtlos-

werden dachte: es ist soweit. Jetzt gibt es für mich
kein Zurück mehr. Natürlich wollte ich zerstört
werden.

Mein Rücken war gebrochen, und ich lag monate-
lang im Krankenhaus. Ich werde jetzt nie mehr
richtig gehen können, zum Teil wegen eines unfähi-
gen Chirurgen, obwohl die anderen Spezialisten alle
sagen, daß er wunderbare Arbeit geleistet hat. Sie
decken sich gegenseitig. Ich kann mich nicht bükken, ich bekomme Schmerzen in den Beinen und im
Hüftgelenk. Treppen hinabzusteigen, bereitet mir
enorme Schwierigkeiten, und hoch komme ich sie
überhaupt nicht. Ironischerweise fühle ich mich nur
in einer Lage wohl: auf dem Rücken. Als ich aus
dem Krankenhaus kam, hatte Robert vom Geld
seines Großvaters die Bar gekauft, und sie war ein
Erfolg. Diese Woche verkauft er sie an den Geschäftsführer. Als ich entlassen wurde, hatten wir
uns vorgenommen, vernünftig zu sein. Das, was
passiert war, hatte uns aufgerüttelt. Robert steckte
seine ganze Energie in die Bar, mich behandelte ein
Physiotherapeut mehrere Stunden am Tag hier in
der Wohnung. Aber wir konnten natürlich weder
vergessen, was wir durchgemacht hatten, noch
konnten wir aufhören, es zu wollen. Wir waren
schließlich dieselben Menschen, und diese Vorstellung, ich meine diese Todesvorstellung, ließ uns
nicht so einfach in Ruhe, nur weil wir das gern

wollten. Wir redeten nicht darüber, es war unmöglich, darüber zu reden, doch es drückte sich auf verschiedene Art aus. Als der Physiotherapeut meinte, ich sei kräftig genug, ging ich alleine aus, bloß um durch die Straßen zu gehen und wieder ein gewöhnlicher Mensch zu sein. Als ich nach Hause kam, stellte ich fest, daß ich die Treppen nicht hinaufgehen konnte. Wenn ich mein ganzes Gewicht auf ein Bein verlagerte und mich dann hochstemmte, durchzuckte mich ein entsetzlicher Schmerz, so wie ein Stromschlag. Ich wartete draußen im Hof darauf, daß Robert nach Haus kam. Als er kam, sagte er, es sei meine eigene Schuld, wenn ich ohne seine Erlaubnis die Wohnung verlasse. Er redete mit mir wie mit einem kleinen Kind. Er wollte mir nicht die Treppen hinaufhelfen, und er ließ auch keinen Nachbarn in meine Nähe. Sie werden es kaum glauben, aber ich mußte die ganze Nacht draußen bleiben. Ich setzte mich in einen Türeingang und versuchte zu schlafen, und die ganze Nacht glaubte ich, die Leute in ihren Schlafzimmern schnarchen zu hören. Morgens trug mich Robert die Treppe hoch, und wir hatten unseren ersten Geschlechtsverkehr seit meiner Entlassung aus dem Krankenhaus.

Ich wurde buchstäblich zur Gefangenen. Ich konnte die Wohnung jederzeit verlassen, doch ich konnte nie sicher sein, wieder hineinzukommen, und schließlich gab ich auf. Robert bezahlt einen Nachbarn dafür, daß er für uns alle Einkäufe erledigt, und ich bin seit vier Jahren kaum draußen gewesen. Ich habe mich um die Erbstücke gekümmert, um Roberts kleines Museum. Robert ist von seinem Vater und Großvater geradezu besessen. Und ich habe diesen Garten hier draußen angelegt. Ich bin viel allein gewesen. Es war nicht so übel.« Caroline brach ab und blickte Mary durchdringend an. »Haben Sie verstanden, wovon ich geredet habe?« Mary nickte, und Carolines Blick milderte sich. »Gut. Es ist mir sehr wichtig, daß Sie genau verstehen, was ich gesagt habe.« Sie betastete die großen, blanken Blätter einer Topfpflanze auf der Balkonmauer. Sie riß ein abgestorbenes Blatt ab und ließ es hinunter in den Hof fallen. »Jetzt«, verkündete sie, beendete ihren Satz aber nicht.

Die Sonne war hinter dem Dach in ihrem Rücken verschwunden. Mary fröstelte und erstickte ein Gähnen. »Ich habe Sie nicht gelangweilt«, sagte Caroline. Es war mehr eine Feststellung als eine Frage.

Mary sagte, sie sei nicht gelangweilt, und erklärte, daß das lange Schwimmen, das Schlafen in der Sonne und das schwere Essen im Restaurant sie schläfrig gemacht hätten. Weil Caroline sie immer noch gespannt und erwartungsvoll musterte, setzte sie dann noch hinzu: »Und jetzt? Wird Ihnen die

Reise in Ihre Heimat helfen, unabhängiger zu werden?«

Caroline schüttelte den Kopf. »Davon erzählen wir Ihnen, wenn Robert und Colin hier sind.« Sie ging daran, Mary eine Reihe von Fragen über Colin zu stellen, von denen sie einige früher schon gestellt hatte. Mochten ihn Marys Kinder? Widmete er sich ihnen besonders? Kannte Colin ihren Exgatten? Bei jeder knappen und höflichen Antwort Marys nickte Caroline, so als hake sie Posten auf einer Liste ab.

Als sie völlig überraschend fragte, ob sie und Colin »merkwürdige Sachen« gemacht hätten, lächelte Mary sie gutaufgelegt an. »Bedaure. Wir sind stinkgewöhnliche Leute. Das werden Sie mir schon unbesehen glauben müssen.« Caroline verstummte, ihr Blick haftete am Boden. Mary beugte sich vor, um ihre Hand zu berühren. »Ich wollte nicht grob sein. Ich kenne Sie doch nicht so gut. Sie wollten etwas erzählen, also haben Sie es erzählt, und das war gut so. Ich habe es nicht aus Ihnen herausgepreßt.« Marys Hand ruhte mehrere Sekunden auf Carolines und drückte sie sanft.

Caroline hatte die Augen geschlossen. Dann ergriff sie Marys Hand und stand so schnell auf, wie sie konnte. »Ich möchte Ihnen etwas zeigen«, sagte sie unter der Anstrengung des Aufstehens.

Auch Mary erhob sich, teilweise um ihr aufzuhelfen. »Ist das nicht Colin da drüben«, sagte sie und deutete auf eine einsame Gestalt am Kai, die hinter den obersten Ästen eines Baumes eben noch zu erkennen war.

Caroline schaute hin und zuckte die Achseln. »Ohne meine Brille kann ich nicht so weit sehen.« Sie hielt noch immer Marys Hand und wandte sich bereits zur Tür.

Sie gingen durch die Küche ins Schlafzimmer, das im Halbdunkel lag, weil die Läden geschlossen waren. Nach Carolines Schilderung dessen, was sich hier abgespielt hatte, wirkte der Raum nicht außergewöhnlich. Wie im Gästezimmer am anderen Ende der Galerie führte eine Tür mit Schallbrettern in ein gefliestes Bad. Das Bett war groß, ohne Kopfbrett oder Kissen, und mit einem blaßgrünen Tagesüberwurf zugedeckt, der sich glatt anfühlte.

Mary setzte sich auf die Bettkante. »Meine Beine tun weh«, sagte sie mehr zu sich als zu Caroline, die die Läden aufzog. Das Spätnachmittagslicht flutete ins Zimmer, und Mary merkte plötzlich, daß die ans Fenster grenzende Wand, die Wand hinter ihr, die sich über die ganze Breite des Betts erstreckte, eine großflächige, mit grünem Wollflanell bespannte Tafel trug, die über und über mit Fotos bedeckt war, die sich wie eine Collage überlappten, die meisten schwarzweiß, ein paar Polaroidbilder in Farbe, alle von Colin. Mary rutschte auf dem Bett entlang, um besser zu sehen, und Caroline kam und setzte sich dicht neben sie.

»Er ist sehr schön«, sagte sie leise. »Robert sah Sie beide rein zufällig an dem Tag, an dem sie ankamen.« Sie zeigte auf ein Bild von Colin, der neben einem Koffer stand, in der Hand einen Stadtplan. Er sprach über die Schulter mit jemand, vielleicht mit Mary, außerhalb des Bildes. »Wir finden ihn beide sehr schön.« Caroline legte den Arm um Marys Schultern. »Robert hat an diesem Tag eine Menge Bilder gemacht, aber das hier habe ich als erstes gesehen. Ich werde es nie vergessen. Er blickt gerade vom Stadtplan auf. Robert kam ganz aufgeregt nach Haus. Als er dann noch mehr Bilder mitbrachte« – sie wies auf die ganze Tafel –, »kamen wir uns wieder näher. Es war mein Einfall, sie hier aufzubauen, wo wir sie alle auf einmal sehen konnten. Wir lagen hier bis in den frühen Morgen und schmiedeten Pläne. Sie glauben ja gar nicht, was es alles zu planen gab.«

Während Caroline sprach, rieb sich Mary die Beine, mal massierend, mal kratzend, und studierte das Mosaik der vergangenen Woche. Es gab Bilder, deren Zusammenhang sie sofort verstand. Mehrere zeigten Colin auf dem Balkon, und zwar deutlicher als der grobkörnige Abzug. Es gab Bilder, auf denen Colin das Hotel betrat, ein anderes, wo er allein auf dem Café-Ponton saß, auf einem stand Colin in einer Menschenmenge, zu seinen Füßen Tauben, im Hintergrund der große Uhrturm. Auf einem lag er nackt auf einem Bett. Andere Bilder waren weniger leicht verständlich. Eine bei ganz schlechtem Licht gemachte Nachtaufnahme etwa zeigte Colin und Mary beim Überqueren eines menschenleeren Platzes. Im Vordergrund war ein Hund. Auf einigen Bildern war Colin ganz allein zu sehen, auf einigen trennte die Ausschnittvergrößerung Mary an der Hand oder am Ellbogen ab, oder ließ nur eine sinnlose Gesichtshälfte zurück. Zusammengenommen schienen die Bilder jeden vertrauten Ausdruck gebannt zu haben, das grüblerische Stirnrunzeln, die zum Sprechen gekräuselten Lippen, der durch Liebkosungen so leicht zu besänftigende Blick, und jedes einzelne Bild hielt einen anderen Aspekt dieses zarten Gesichts fest und schien ihn zu verherrlichen – die Brauen, die sich in einem Punkt trafen, die tiefliegenden Augen, der lange, gerade Mund, der nur eben vom Schimmer eines Zahns geteilt wurde. »Warum?« sagte Mary schließlich. Ihre Zunge war dick und schwer und lag ihren Worten im Weg. »Warum?« wiederholte sie mit größerer Entschiedenheit, doch weil sie plötzlich die Antwort kannte, kam ihr das Wort als Flüstern von den Lippen. Caroline drückte Mary fester an sich und fuhr fort. »Und dann brachte Robert Sie mit nach Haus. Es war so, als hätte Gott seine Hand mit im Spiel. Ich kam in das Schlafzimmer. Das habe ich Ihnen nie verheimlicht. Da wußte ich, daß die Fantasien in die Realität übergingen. Haben Sie das je erlebt? Es ist so, als ob man einen Spiegel betritt.«

Mary fielen die Augen zu. Carolines Stimme entfernte sich von ihr. Sie zwang sich, die Augen zu öffnen, und versuchte aufzustehen, aber Carolines Arm lag fest um sie. Ihre Augen fielen wieder zu, und sie sagte Colins Namen. Ihre Zunge wog zu schwer, um sie um das »l« herumzuheben, es brauchte mehrere Leute, die halfen, sie zu bewegen, Leute, deren Namen kein »l« hatten. Carolines Worte drangen von überall auf sie ein, schwere, sinnlose, purzelnde Gegenstände, die Mary die Beine taub machten. Dann schlug ihr Caroline ins Gesicht, und sie erwachte wie in einer anderen Geschichtsepoche. »Sie haben geschlafen«, sagte sie, »Sie haben geschlafen. Sie haben geschlafen. Robert und Colin sind zurück. Sie warten schon auf uns. Kommen Sie jetzt.« Sie zog sie in den Stand hoch, hängte sich Marys hilflosen Arm über die Schulter und führte sie aus dem Zimmer.

Zehn

Die drei Fenster waren weit offen, und die Galerie glühte im Nachmittagssonnenlicht. Robert stand mit dem Rücken vor einem Fenster und entfernte geduldig den kleinen Drahtkäfig vom Hals der Champagnerflasche in seiner Hand. Zu seinen Füßen lag die zerknüllte Goldfolie, und neben ihm war, mit zwei bereitgehaltenen Gläsern, Colin, der die höhlenartige Leere des Raums noch immer auf sich wirken ließ. Beide Männer wandten sich um und nickten, als die zwei Frauen aus der Küche hereinkamen. Mary hatte sich gefangen und ging jetzt mit kurzen, tappenden Schritten, eine Hand auf Carolines Schulter gelegt.

Mit qualvollem Hinken, mit schlafwandlerischem Schlurfen, näherten sie sich langsam dem provisorischen Tisch, als Colin ein paar Schritte auf sie zu trat und rief: »Was hast du, Mary?« Sofort knallte der Korken, und Robert verlangte mit scharfer Stimme nach den Gläsern. Colin wich zurück, hielt sie ihm hin und sah beunruhigt über die Schulter. Caroline plazierte Mary auf einem der beiden verbliebenen Holzstühle, den sie so hinrückte, daß sie den Männern gegenüber saß.

Mary öffnete die Lippen und sah Colin an. Er kam wie in Zeitlupe mit einem vollen Glas in der Hand auf sie zu. Das strahlende Licht hinter ihm entflammte lose Haarsträhnen, und sein Gesicht, ihr vertrauter als das eigene, drückte tiefe Besorgnis aus. Robert stellte die Flasche auf seiner Kredenz ab und folgte Colin durch den Raum. Caroline stand bolzengerade neben Marys Stuhl, wie eine Pflegerin. »Mary«, sagte Colin, »was ist los?«

Sie scharten sich um sie. Caroline preßte die Handfläche auf Marys Stirn. »Sie hat einen klitzekleinen Hitzschlag«, sagte sie ruhig. »Kein Grund zur Besorgnis. Sie erzählte mir, daß Sie lange geschwommen sind und sich in die Sonne gelegt haben.«

Marys Lippen bewegten sich. Colin nahm ihre Hand. »Sie fühlt sich nicht heiß an«, sagte er. Robert glitt hinter den Stuhl und legte Caroline den Arm um die Schultern. Colin drückte Marys Hand und forschte in ihrem Gesicht. Ihre vor Sehnsucht oder Verzweiflung geweiteten Augen fixierten seine; plötzlich quoll eine Träne und tropfte auf den Grat ihres Wangenknochens. Colin wischte sie mit dem Zeigefinger fort. »Bist du krank?« flüsterte er. »Ist es ein Hitzschlag?« Sie schloß für einen Moment die Augen, und ihr Kopf bewegte sich einmal hin und her. Ein ganz leises Geräusch, kaum mehr als ein Hauch, kam ihr von den Lippen. Colin beugte sich dicht zu ihr und hielt das Ohr an ihren Mund. »Erzähls mir«, drängte er, »versuch mirs zu erzählen.« Sie atmete heftig ein und hielt einige Sekunden die Luft an, dann artikulierte sie tief in der Kehle ein erdrosseltes, hartes »C«. »Sagst du meinen Namen?« Mary klappte den Mund weiter auf, sie atmete rasch, fast keuchend. Sie hielt Colins Hand festgepackt. Wieder das scharfe Luftholen, das Atemanhalten, und wieder das undeutliche, harte »C«. Sie wiederholte es weicher, »ch... ch«. Colin drängte sein Ohr dichter zu ihren Lippen. Auch Robert beugte sich vor. Sie unternahm noch eine gewaltige Anstrengung und schaffte ein »G... G«, und flüsterte dann: »Geh.«

»Kälte«, sagte Robert. »Ihr ist kalt.«

Caroline stieß Colin energisch an der Schulter: »Wir sollten Sie nicht so bedrängen. Davon wird ihr nicht besser.«

Robert hatte sein weißes Jackett geholt und hängte es Mary um die Schultern. Sie umklammerte noch immer Colins Hand, ihr Gesicht war zu seinem gehoben, und ihr Blick suchte in seinem Gesicht nach Verstehen. »Sie möchte gehen«, sagte Colin verzweifelt. »Sie braucht einen Arzt.« Er wand seine Hand aus Marys Griff und tätschelte ihr das Handgelenk. Sie sah zu, wie er ziellos die Galerie entlang wanderte. »Wo ist Ihr Telefon. Sie werden doch wohl ein Telefon haben.« Es lag Panik in seiner Stimme. Robert und Caroline, die sich noch immer dicht zusammen hielten, folgten ihm, versperrten ihr die Sicht auf ihn. Sie versuchte noch einmal, einen Ton von sich zu geben; ihre Kehle war weich und unnütz, ihre Zunge ein unbewegliches Gewicht auf dem Grund ihres Munds.

»Wir gehen fort«, sagte Caroline besänftigend. »Das Telefon ist abgestellt worden.«

Colin war in einem Bogen zum Mittelfenster gegangen und stand jetzt mit dem Rücken vor Roberts Kredenz. »Dann gehen Sie eben und holen einen Arzt. Sie ist krank.«

»Sie brauchen nicht zu schreien«, sagte Robert ruhig. Er und Caroline gingen immer noch auf Colin zu. Mary konnte sehen, wie sie sich an den Händen hielten, wie fest ihre Finger ineinander verschränkt waren und wie sich ihre Finger mit raschen, pulsierenden Bewegungen liebkosten.

»Mary wird schon wieder«, sagte Caroline. »In ihrem Tee war etwas Besonderes, aber sie wird schon wieder werden.«

»Im Tee?« wiederholte Colin dumpf. Als er ihrem Näherkommen auswich, stieß er gegen den Tisch und kippte die Champagnerflasche um.

»Was für eine Verschwendung«, sagte Robert, als Colin sich rasch umdrehte und sie wieder hinstellte.

Robert und Caroline gingen um die Pfütze auf dem Boden herum, und Robert streckte den Arm nach Colin aus, so als wolle er zwischen Finger und Daumen sein Kinn greifen. Colin nahm den Kopf hoch und trat noch einen Schritt zurück. Gleich hinter ihm war das große, offene Fenster. Mary konnte sehen, wie sich der westliche Himmel auflockerte und wie sich hohe Wolkenspuren zu langen, feinen Fingern gruppierten, die dorthin zu weisen schienen, wo die Sonne untergehen mußte.

Das Paar hatte sich nun getrennt und drang von zwei Seiten auf Colin ein. Er sah Mary direkt an, und sie konnte jetzt nicht mehr tun, als die Lippen öffnen. Caroline hatte Colin ihre Hand auf die Brust gelegt und streichelte ihn beim Reden. »Mary begreift schon. Ich habe ihr alles erklärt. Ich glaube, insgeheim begreifen Sie auch.« Sie fing an, ihm das T-Shirt aus den Jeans zu ziehen. Robert stützte seinen ausgestreckten Arm in Höhe von Colins Kopf gegen die Wand und pferchte ihn ein. Caroline hätschelte seinen Bauch und kniff mit den Fingern sacht in die Haut. Und obwohl Mary ins Licht schaute und die drei Gestalten am Fenster vor dem Himmel dahinter wie Silhouetten wirkten, sah sie mit absoluter Deutlichkeit die obszöne Präzision jeder einzelnen Bewegung, jeder Nuance einer geheimen Fantasie. Die Intensität ihrer Wahrnehmung hatte ihr Sprach- und Bewegungsvermögen ausgelaugt. Roberts freie Hand erforschte Colins Gesicht, stocherte ihm mit den Fingern die Lippen auf, fuhr den Umrissen von Nase und Kiefer nach. Eine volle Minute lang stand er still und widerstandslos, gelähmt durch schieres Nichtbegreifen. Nur sein Gesichtsausdruck durchlief Erstaunen und Furcht, verkniff sich zu Verstörung und dem Bemühen, sich zu erinnern. Sein Blick blieb auf Mary geheftet.

Der übliche Feierabendlärm stieg aus den überfüllten Straßen unten herauf – Stimmen, Küchenschwatz, Fernsehgeräte – und verstärkte eher noch die Stille in der Galerie, als sie zu füllen. Colins Körper verkrampfte sich. Mary konnte das Zittern in seinen Beinen sehen, die Anspannung über dem Magen. Caroline machte ein beschwichtigendes Geräusch, und ihre Hand kam genau unter seinem Herzen zu liegen. In diesem Augenblick hechtete Colin los, die Arme wie ein Turmspringer vor sich haltend, hieb er mit dem Unterarm Carolines Gesicht weg und traf Robert an der Schulter, ein Stoß, von dem er einen Schritt zurückprallte. Durch die Lücke zwischen ihnen kam Colin mit noch immer ausgestreckten Armen auf Mary zu, so als könne er sie aufgabeln und mit ihr in Sicherheit fliegen. Robert hatte sich rasch genug gefangen, um vorzuschnellen, Colin am Knöchel zu packen und wenige Schritte vor Marys Stuhl zu Fall zu bringen. Er rappelte sich schon wieder auf, da hob Robert ihn an einem Arm und einem Bein hoch und trug und zerrte ihn dorthin zurück, wo Caroline stand und sich das Gesicht hielt. Dort stellte er Colin auf die Füße, schleuderte ihn hart an die Wand und hielt ihn dort, die mächtige Hand fest um Colins Kehle gelegt.

Das Trio hatte sich jetzt wieder in den annähernd gleichen Positionen vor Mary versammelt. Die rauhen, heftigen Atemgeräusche legten sich allmählich, und erneut vernahm man die Geräusche der Nachbarschaft, die die Stille im Raum umrahmten.

Schließlich sagte Robert ganz ruhig »Das war doch wohl völlig überflüssig, nicht wahr?« Er verstärkte seinen Griff. »Nicht wahr?« Colin nickte, und Robert nahm die Hand weg.

»Da sehen Sie mal«, sagte Caroline, »Sie haben mir die Lippe aufgeschlagen.« Sie sammelte auf dem Zeigefinger Blut von ihrer Unterlippe und verschmierte es auf Colins Lippen. Er ließ sie gewähren. Roberts Hand lag noch immer an seinem Halsansatz, dicht bei der Kehle. Caroline strich sich solange Blut auf die Fingerspitzen, bis Colins Lippen ganz und gar rotgeschminkt waren. Dann preßte Robert Colin den Unterarm auf die Brust und küßte ihn inbrünstig auf den Mund, und als er dies tat, strich Caroline mit der Hand über Roberts Rücken.

Als er sich aufrichtete, spie Colin mehrmals laut aus. Caroline wischte ihm mit dem Handrücken die rosa Speichelfäden vom Kinn. »Dummer Junge«, flüsterte sie.

»Was haben Sie Mary gegeben?« sagte Colin gelassen. »Was wollen Sie?«

»Wollen?« sagte Robert. Er hatte irgend etwas von seiner Kredenz genommen, hielt aber die Hand darum geschlossen, und Mary konnte nicht sehen, was es war. »Wollen ist kein sehr gutes Wort.«

Caroline lachte entzückt. »Und brauchen auch nicht.« Sie trat von Colin zurück und sah über die Schulter zu Mary. »Noch munter?« rief sie. »Erinnern Sie sich an alles, was ich Ihnen erzählt habe?«

Mary schaute auf den Gegenstand, den Robert mit der Hand umklammerte. Plötzlich war er doppelt so lang, und sie sah ihn ganz deutlich, und obwohl sich jeder Muskel in ihrem Körper zusammenkrampfte, ballten sich nur die Finger ihrer rechten Hand ein klein wenig. Sie schrie und schrie wieder, und alles was herauskam, war ein flüsterndes Aushauchen.

»Ich tue alles, was Sie wollen«, sagte Colin, der bei diesem Laut seine Gelassenheit ganz verloren hatte, mit vor Panik lauter werdender Stimme. »Aber bitte, holen Sie für Mary einen Arzt.«

»Na schön«, sagte Robert und griff nach Colins Arm und drehte den Handteller nach oben. »Hier, so einfach ist das«, sagte er, vielleicht zu sich selbst, als er das Rasiermesser, leicht, beinahe spielerisch über Colins Handgelenk zog und die Schlagader weit öffnete. Sein Arm ruckte vor, und das Seil, das er warf, orangefarben in diesem Licht, verfehlte Marys Schoß um etliche Zentimeter.

Marys Augen schlossen sich. Als sie sie öffnete, saß Colin auf dem Fußboden, an der Wand, die Beine vor sich ausgespreizt. Seltsamerweise waren seine Stoffstrandschuhe durchtränkt, scharlachverfleckt. Sein Kopf schwankte auf den Schultern, doch seine Augen waren ruhig und klar und leuchteten sie durch den Raum ungläubig an. »Mary?« sagte er ängstlich, wie jemand, der in einem dunklen Zimmer ruft. »Mary? Mary?«

»Ich komme«, sagte Mary. »Ich bin hier drüben.«

Als sie wieder aufwachte, nach einem endlosen Schlaf, lehnte sein Kopf an der Wand, und sein Körper war geschrumpft. Seine Augen, noch immer offen, noch immer auf sie gerichtet, waren müde, ausdruckslos. Sie sah ihn aus großer Entfernung, obwohl ihr Blick alles andere ausschloß, sitzend vor einem kleinen Teich, der vor der Raute aus Lichtstäben errötete, die die Läden warfen, die jetzt halb geschlossen waren.

Die ganze folgende Nacht hindurch träumte sie von Gestöhn und Gewimmer und plötzlichen Rufen, von umschlungenen Gestalten, die sich zu ihren Füßen rollten und sich tollten in dem kleinen Teich und vor Wonne schrien. Sie wurde von der Sonne geweckt, die hinter ihr über dem Balkon aufging und ihr durch die Spiegelglastüren den Nacken wärmte. Es war viel, viel Zeit vergangen, denn die zahlreichen Fußspuren quer über den Fußboden waren rostrot und die Koffer bei der Tür fort.

Ehe sie die Kiesauffahrt zum Krankenhaus hinaufging, machte Mary halt, um sich im Schatten des Pförtnerhauses auszuruhen. Der ermattete junge Beamte an ihrer Seite war geduldig. Er stellte seinen Aktenkoffer hin, setzte die Sonnenbrille ab und polierte sie mit einem Taschentuch aus seiner Brusttasche. Die Frauen bauten ihre Stände auf und waren für die ersten Morgenbesucher bereit.

Ein zerbeulter Lastwagen mit Wellblechseiten belieferte die Verkäuferinnen mit Blumen, und etwas näher räumte eine Frau Kruzifixe, Statuetten und Gebetbücher aus der Reisetasche einer Fluggesellschaft und stellte sie auf einem Klapptisch auf. Weiter weg, vor den Krankenhaustüren, sprengte ein Gärtner die Auffahrt, um den Staub zu binden. Der Beamte räusperte sich leise. Mary nickte, und sie gingen wieder weiter.

Es hatte sich herausgestellt, daß sich in der überfüllten Stadt eine blühende, weitverzweigte Bürokratie versteckte, eine verborgene Ordnung von Regierungsbehörden mit separaten, aber sich überlappenden Funktionen, deutlich verschiedenen Verfahrensweisen und Hierarchien; schlichte Türen in Straßen, durch die sie schon viele Male gegangen war, führten nicht in Privatwohnungen, sondern in leere Wartezimmer mit Bahnhofsuhren und pausenlosen Tippgeräuschen und in überfüllte Büros mit braunen Linoleumböden. Sie wurde ins Verhör und Kreuzverhör genommen und fotografiert; sie diktierte Aussagen, unterzeichnete Dokumente und starrte Bilder an. Sie trug einen versiegelten Umschlag von einer Behörde zur nächsten und wurde wieder ins Verhör genommen. Die müden jüngeren Männer in Blazern – Polizisten vielleicht oder Zivilbeamte – behandelten sie ebenso mit Höflichkeit wie ihre Vorgesetzten. Als ihr Familienstand einmal geklärt worden war sowie die Tatsache, daß sich ihre Kinder mehrere hundert Kilometer entfernt befanden, und vor allem, nachdem sie auf wiederholtes Fragen beharrlich geantwortet hatte, daß sie nie die Absicht gehabt habe, Colin zu heiraten, wurde sie mit Höflichkeit und Argwohn behandelt. Sie wurde für sie eindeutiger zu einer Informationsquelle als zu einem Gegenstand ihrer Anteilnahme.

Doch an Mitleid wäre sie zerbrochen. So aber verlängerte sich ihr Schockzustand, ihre Gefühle waren ihr einfach nicht zugänglich. Sie tat ohne

Klagen genau, was man ihr sagte, und beantwortete jede Frage. Ihre mangelnde Gemütsbewegung bestärkte den Argwohn. Im Büro des Unterkommissars beglückwünschte man sie zu der Präzision und logischen Folgerichtigkeit ihrer Aussage, zur Vermeidung entstellender Emotionen. Der Beamte meinte kühl: »In keinster Weise die Aussage einer Frau«, und hinter ihr wurde leise gekichert. Wenn sie auch eindeutig nicht daran glaubten, daß sie irgendein Verbrechen begangen hatte, behandelte man sie doch so, als sei sie angesteckt von – wie es der Unterkommissar selbst genannt und ihr übersetzt hatte – »diesen obszönen Exzessen«. Hinter ihren Fragen lag die Vermutung – oder existierte dies nur in ihrer Einbildung –, daß sie zu der Sorte Leute gehörte, deren Anwesenheit bei einem derartigen Verbrechen sie billigerweise erwarten durften, wie die eines Brandstifters bei den Flammen eines anderen.

Gleichzeitig waren sie höflich genug, ihr das Verbrechen wiederum als bis zum Überdruß alltäglich und in eine sattsam bekannte Kategorie gehörend zu beschreiben. Speziell diese Behörde hatte in den vergangenen zehn Jahren mit mehreren solcher Verbrechen zu tun gehabt, die sich natürlich in den Details voneinander unterschieden. Ein dienstälterer Polizist in Uniform, der Mary eine Tasse Kaffee ins Wartezimmer brachte, setzte sich dicht neben sie und erklärte ihr einige Schlüsselmerkmale. Zum Beispiel das vom Täter öffentlich vorgeführte und eindeutig mit ihm in Verbindung gebrachte Opfer. Und dann der Widerspruch in den Vorbereitungen; einerseits sorgfältig – er zählte an fetten Fingern her: Foto, Beschaffung der Droge, Verkauf der Wohnungseinrichtung, im voraus gepackte Koffer; andrerseits, bewußt plump – er hakte wieder ab –, Zurücklassen des Rasiermessers, Flugbuchungen, Reisen mit echten Pässen.

Die Liste des Polizeibeamten war länger, doch Mary hatte nicht weiter zugehört. Er schloß, indem er ihr aufs Knie patschte und sagte, daß für diese Leute das Gefaßt- und Bestraftwerden anscheinend genauso wichtig sei wie das Verbrechen an sich. Mary zuckte die Achseln. Die Worte »Opfer«, »Täter«, »das Verbrechen an sich« bedeuteten nichts, hatten überhaupt keine Entsprechung.

Im Hotelzimmer legte sie die Kleider zusammen und packte sie in ihre jeweiligen Taschen. Weil er etwas mehr Platz hatte, stopfte sie ihre Schuhe und eine Leinenjacke zwischen Colins Sachen, genauso wie sie es für die Herreise gemacht hatte. Sie gab dem Zimmermädchen das lose Kleingeld und legte die Postkarten zwischen die letzten Seiten ihres Passes. Sie zerbröselte das restliche Marihuana und spülte es das Handwaschbecken hinunter. Abends telefonierte sie mit ihren Kindern. Sie waren freundlich, aber reserviert und baten sie mehrmals, sich zu wiederholen. An ihrem Ende konnte sie einen Fernseher hören, und bei sich selbst vernahm sie durch den Hörer ihre eigene Stimme, die um Zuneigung warb. Ihr Exgatte kam an den Apparat und sagte, daß er gerade ein Currygericht zubereite. Sie kam die Kinder am Donnerstagnachmittag abholen? Konnte sie das nicht etwas genauer sagen? Nach dem Telefongespräch saß sie lange Zeit auf ihrer Bettkante und las das Kleingedruckte in ihrem Flugticket. Von draußen hörte sie das stetige Bosseln von Stahlwerkzeugen.

An den Krankenhaustüren nickte die uniformierte Wache über Marys Kopf hinweg dem Beamten knapp zu. Sie stiegen zwei Treppenfluchten hinunter und durchschritten einen kühlen, menschenleeren Korridor. An den Wänden waren in regelmäßigen Abständen rote Schlauchtrommeln angebracht, und darunter standen Eimer mit Sand. Vor einer Tür mit einem kreisförmigen Fenster blieben sie stehen. Der Beamte bat sie zu warten und ging hinein. Eine halbe Minute später öffnete er ihr die Tür. Er hielt ein Bündel Papiere in der Hand. Der Raum war klein, fensterlos und stark parfümiert. Eine Leuchtstoffröhre erhellte ihn. Doppelschwingtüren, ebenfalls mit kreisförmigen Fenstern, führten in einen größeren Raum, in dem es eine Zwillingsreihe verhüllter Leuchtröhren gab. Die schmale, hohe Bank, die Colin trug, ragte in den Raum. Daneben stand ein Holzschemel. Colin lag auf dem Rücken unter einem Laken. Der Beamte schlug es geübt zurück und warf ihr einen Blick zu; es erfolgte die formale Identifikation in Gegenwart der Leiche und des Beamten. Mary unterschrieb, der Beamte unterschrieb und zog sich diskret zurück.

Nach einer Weile setzte sich Mary auf den Schemel und legte ihre Hand in Colins. Ihr war nach Erklärungen zumute, sie würde mit Colin reden. Sie würde Carolines Geschichte so genau berichten, wie sie sich daran erinnern konnte, und dann würde sie ihm alles erklären, ihm ihre Theorie erzählen, die in diesem Stadium natürlich vorläufig war und die erklärte, wie die Fantasien, die sexuellen Fantasien, der uralte Traum der Männer, zu verletzen, und der der Frauen, verletzt zu werden, ein mächtiges, durchgängiges Organisationsprinzip verrieten und verkörperten, das alle Beziehungen, alle Wahrheit entstellte. Doch sie erklärte nichts, denn ein Fremder hatte Colins Haar falsch gescheitelt. Sie kämmte es mit den Fingern und sagte gar nichts. Sie hielt seine Hand und bedrängte seine Finger. Sie formulierte mehrmals seinen Namen, ohne ihn auszusprechen, als hätte die Wiederholung dem Wort wieder Bedeutung geben und den Gemeinten zum Leben erwecken können. Der besorgte Beamte erschien sporadisch an dem kreisförmigen Fenster. Nach

188

einer Stunde kam er mit einer Krankenschwester herein. Er stand hinter dem Schemel, während die Krankenschwester, die ihr zumurmelte wie einem Kind, Marys Finger aus Colins losbog und sie zur Tür führte.

Mary folgte dem Beamten durch den Korridor. Als sie die Stufen hinaufstiegen, bemerkte sie, daß sein Schuh einen schiefen Absatz hatte. Für einen Augenblick überwog die Alltäglichkeit, und sie spürte eine flüchtige Andeutung des Kummers, der sie erwartete. Sie räusperte sich vernehmlich, und der Klang ihrer eigenen Stimme vertrieb den Gedanken.

Der junge Mann trat vor ihr in den strahlenden Sonnenschein hinaus und wartete. Er stellte seinen Aktenkoffer hin, zupfte sich die gestärkten weißen Hemdmanschetten zurecht und machte ihr, mit einer angedeuteten Verbeugung, das höfliche Anerbieten, sie zum Hotel zurückzubegleiten.

Ian McEwan
im Diogenes Verlag

Erste Liebe – letzte Riten

Erzählungen. Aus dem Englischen von
Harry Rowohlt

»Die Mehrzahl dieser Geschichten handelt von Jugendlichen und davon, wie sie von der Welt der Erwachsenen verdorben werden. Die Unschuld der Pubertät wird weniger verloren als zerschmettert… Nichts für Zimperliche, aber dieser Stil hat eine lakonische Brillanz, die Bände – andeutet. Nichts wird ausgesprochen, alles wird angetippt.«
Peter Lewis/Daily Mail, London

Der Zementgarten

Roman. Deutsch von
Christian Enzensberger

Ein Kindertraum wird Wirklichkeit: Papa ist tot, Mama stirbt und wird, damit keiner was merkt, einzementiert, und die vier Kinder haben das große Haus in den großen Ferien für sich. Im Laufe des drückend heißen, unwirklichen Sommers kapselt sich die Gemeinschaft mehr und mehr gegen die Außenwelt ab, und keiner merkt, daß etwas faul ist.

Verfilmt von Andrew Birkin mit Charlotte Gainsbourg in der Hauptrolle. 1993 ausgezeichnet mit dem Silbernen Bären.

Zwischen den Laken

Erzählungen. Deutsch von Michael Walter,
Wulf Teichmann und Christian Enzensberger

»Noch in der erbärmlichsten, entfremdetsten Beziehung finden sich Spuren wirklicher Liebe und des wirklichen menschlichen Bedürfnisses, zu lieben und geliebt zu werden.«
Jörg Drews/Süddeutsche Zeitung, München

Ein Kind zur Zeit
Roman. Deutsch von Otto Bayer

Eines Tages wird für Stephen und Julie der schlimmste Alptraum aller Eltern Wirklichkeit: ihre dreijährige Tochter verschwindet spurlos.
Ein Roman über eine Welt, in der Bettler Lizenzen haben und Eltern darüber aufgeklärt werden, daß Kindsein eine Krankheit ist. Aber auch eine subtile Ergründung von Zeit, Zeitlosigkeit, Veränderung und Alter.

Unschuldige
Eine Berliner Liebesgeschichte
Roman. Deutsch von Hans-Christian Oeser

Eine abenteuerliche Liebe im Berlin der fünfziger Jahre kurz vor dem Mauerbau, verfilmt unter dem Titel ›...und der Himmel steht still‹ von John Schlesinger mit Anthony Hopkins, Isabella Rossellini und Campbel Scott.

Schwarze Hunde
Roman. Deutsch von Hans-Christian Oeser

Überglücklich verliebt und voller Ideale, als der Krieg endlich vorbei ist, gehen June und Bernard Tremaine 1946 auf Hochzeitsreise. Doch inmitten der Naturschönheiten Südfrankreichs holt eine traumatische Wirklichkeit sie ein. June begegnet zwei ungeheuerlichen Hunden von einer Bedrohlichkeit, die ihren Glauben an das Gute erschüttert.

»Eine unvergeßliche Parabel über die Zerbrechlichkeit der Zivilisation.« *Publishers Weekly, New York*

Der Tagträumer
Erzählung. Deutsch von Hans-Christian Oeser

Die gesamte Familie mittels einer Zaubercreme zum Verschwinden bringen, das wäre doch was, denkt sich Peter Glück – ein wenig aus Langeweile, ein wenig aus

Trotz. Oder wie wäre es, einen Tag lang das Leben des Katers der Familie zu führen? Einfühlsam und heiter schildert Ian McEwan das Innenleben eines introvertierten Jungen, der in seinen Träumen die Welt verstehen und sein eigenes Leben schätzen lernt.

Liebeswahn
Roman. Deutsch von Hans-Christian Oeser

Clarissa und Joe waren ein glückliches Paar – bis zu dem Tag, an dem Joe in einen Ballonunfall verwickelt wird – zusammen mit Jed Parry. Jed entwickelt Joe gegenüber einen Liebeswahn. Eine extreme Form der Liebe oder vielmehr blanker Irrsinn? Joe beteuert immer wieder, daß er nichts von Jed wissen, sondern bei Clarissa bleiben will…

»Eine Geschichte von mitreißender Wucht.«
Publishers Weekly, New York

Amsterdam
Roman. Deutsch von Hans-Christian Oeser

Alle haben sie dieselbe Frau geliebt, die nun nicht mehr ist: ein Politiker, ein Chefredakteur, ein Komponist. Als desto gegensätzlicher erweisen sich ihre Ambitionen: Ein Freundschaftspakt wird zum Teufelspakt, als es in Amsterdam zum Showdown kommt.
Ian McEwan wurde 1998 der Booker-Preis verliehen für diese ebenso witzige wie gnadenlose Geschichte über die Mechanismen der Medien und der Macht.

Psychopolis
Abschied aus L.A.
Deutsch von Wulf Teichmann

Dieses Kleine Diogenes Taschenbuch umfaßt eine Erzählung aus dem Band *Zwischen den Laken*.

»Die Geschichten von Ian McEwan sind beängstigend und wirken lange nach.« *The Observer, London*